KB110855

우비 순트Ubi Sunt,
삶의 방향타를 잃고

우비 순트Ubi Sunt, 삶의 방향타를 잃고

발행일   2023년 11월 10일

지은이   정연진
펴낸이   손형국
펴낸곳   (주)북랩
편집인   선일영   편집   윤용민, 배진용, 김부경, 김다빈
디자인   이현수, 김민하, 임진형, 안유경   제작   박기성, 구성우, 이창영, 배상진
마케팅   김회란, 박진관
출판등록   2004. 12. 1(제2012-000051호)
주소   서울특별시 금천구 가산디지털 1로 168, 우림라이온스밸리 B동 B113~114호, C동 B101호
홈페이지   www.book.co.kr
전화번호   (02)2026-5777   팩스   (02)3159-9637

ISBN   979-11-93499-42-9 03810 (종이책)   979-11-93499-43-6 05810 (전자책)

(주)북랩 성공출판의 파트너
북랩 홈페이지와 패밀리 사이트에서 다양한 출판 솔루션을 만나 보세요!
홈페이지 book.co.kr   •   **블로그** blog.naver.com/essaybook   •   **출판문의** book@book.co.kr

---

작가 연락처 문의 ▶ ask.book.co.kr
작가 연락처는 개인정보이므로 북랩에서 알려드릴 수 없습니다.

우리 앞에 있던
그들은
어디에 있나

우비 순트
Ubi Sunt,
삶의
방향타를 잃고

정연진 지음

 북랩

작가의 말

10여 년 전 어느 날, 스승은 내게 "인간의 삶은 어쩌면 10년을 기준으로 돌고, 바뀌고, 새로워지는지도 모른다. 내 인생이 그랬던 것 같다."라고 하신 적이 있다. 그때는 실감하지 못했지만, 이제야 그 말씀을 조금은 알 것 같다. 나는 그때 너무 어렸다.

한 주기의 진폭을 건너와, 나는 지금 우주 한가운데에 서 있다. 나의 우주는 텅 비어 공허하기만 하다.

2023년은 나에게 '삶의 마지막 순간에 무엇이 남을까'를 고민했던 한 해로 기억될 것이다. 연속된 상실의 슬픔 속에서 한참을 방황했다. 지난 반년 사이 가족과 친구와 스승을 잃고 보니 직장에서 승진하는 일이나 좋은 성과를 내는 일은 삶에서 전혀 중요하지 않다는 것을, 사랑하는 사람들과 함께 한 시간이 훨씬 귀하고 행복한 일이라는 것을 다시 깨닫게 되었다. 그리고, 나를 사랑해 준 사람들의 애정과 인내와 이해와 지혜를 새삼 느꼈다.

이 일기들은 여전히 우울하고 슬픔에 잠겨 있다. 그러나 나중에는 어느 해의 기록보다 가장 솔직한 이야기로 남을 것이다.

이제 나는 다음 10년의 주기를 살아내기 위해 한 걸음 앞으로 나아가야만 한다. 삶은 언제나 그렇게 계속되어야 하기에.

격려해 주는 스승이자 친구인 분들 덕분에 나는 오늘도 여기 서 있다. 손위, 손아래의 관계를 떠나 언제나 좋은 멘토가 되어 주는 담시 님과 어떤 일에나 무한한 긍정에너지를 발산해 내는 친구 최일용 님, 늘 장미 같은 친구의 친구 백정민 님, 철없는 친구를 걱정하는 윤경실 님, '사랑하고 존경하는' 윤영태 님, 주저 앉아 울 때 따뜻한 위로를 전해 주신 전병문 선생님, 정이흔 선생님과 같은 귀한 인연들에 안부를 전하고 싶다. 올해는 특히 김해란 선생님과 그 가족의 안부가 내내 궁금했다. 친언니와도 같은 말 없는 따뜻함이 나는 늘 좋았다. 남쪽 나라 강진여자중학교의 장순석 교장선생님과 같은 분들이 있어 '학교'는 여전히 희망이 있다고 생각했다. 늦은 인사를 전하고 싶다.

마지막으로, 이 가을 내내 그리운 마음을 함께 나누어 주실 이동열 선생님, 이상근 선생님, 임희덕 선생님과 그 친구분들께 존경과 감사의 인사를 드린다. 출간을 도와주신 출판사 관계자들께도 감사드린다.

그리고 무엇보다 오늘의 나를 있게 한 존경하는 나의 스승님들께도.

2023. 10. 7.
정연진

목차

어떤 생각 3.5 차원

격려의 힘

내 인생은 너무 늦게 시작되었다

친구의 귀천

이주상

소식 들었네
하늘에 먼저 갔다고
귀띔이나 하시고 가시지
이별주라도 한 잔 대접해야 했는데

바다가 그리울걸세
바람에 얹혀오는 꽃소식도
햇살에 일렁이는 물결도
산 그림자를 품은 넓은 바다도

아침에 눈을 뜨면
친구가 그리울걸세
빗물에 젖은 사진 같은

가슴속 추억을 꺼내 보려네

비가 내리는 날은
소주가 그리울걸세
바닷바람에 젖은
눈물 같은 소주를 마시려네

소식 들었네
하늘은 평화롭다고
세상 짐 다 벗어던지고 편히 쉬게
나 하늘 가는 날 함께 취해보세

새벽부터 흐르는 눈물 그치질 않는다

2023. 08. 07.
친구의 영전에 바침

이 시를 사용하는 것을 허락해 주신 시인 이주상 선생님께 감사드린다.
카카오스토리: 주상전하(https://story.kakao.com/jusang01/9X36xueIRB0)

존경하는 은사님께

2023. 10. 09.

어떤 생각 3.5차원

실패했다고
노력을 안 한 건 아니야

실패가 두려운 이유는 그것을 이루기 위해 내가 했던 노력이 모두 '0' 또는 '무'로 돌아가 버린다는 생각 때문인 것 같다. 아무것도 얻지 못하고 다시 처음부터 시작해야 한다는 두려움과 억울함도 있고. 성공 또는 실패, 둘 중 하나만이 선택되는 상황에서는 노력했던 만큼의 시간이나 그간의 에너지를 다시 0의 지점으로 돌려버리는 '실패'라는 결과의 힘은 도전자이자 실패자에게 상처까지 남기기도 한다. [한강의 기적]이라는 세계 역사상 전례 없는 경제 성장의 드라마를 쓴 한국 사회에서는 '실패'라는 것이 종종 '능력 없음' 또는 '노력하지 않음'의 또 다른 뜻인 것만 같다. 우리 사회의 시스템은 이미 성공 또는 실패의 두 축으로만 돌아가고 있는데 이 시스템 안에서 사는 우리는 가끔 그 현실을 깨닫지 못하고 도전하고 또 도전한다. 전 세계를 뒤흔든 그 많은 음악 오디션 프로그램들도 실은 현장

우비 순트Ubi Sunt, 삶의 방향타를 잃고

에서 실력으로 보여줘야 하는 단판 성과의 연속이 아닌가.

몇 년 전에 방영한 한국드라마 [우아한 가]가 떠오른다. 드라마가 끝나고도 한 가지 생각할 지점을 남겨준 인물이 있다. 나는 이 드라마에 대한 정보나 인기도나 시청률도 기억하지 못하지만, 단순히 재벌가의 화려한 이야기나 정치적인 뒷이야기만을 소재로 하지는 않아서 좋았다. 큰 프레임으로는 대기업을 이끄는 조직이 등장하고 한제국이라는 인물이 자신만의 제국에서 세상을 흔들어 버리려는 시스템을 그렸다. 등장인물 하나하나를 다시 들여다보면 재벌가의 일원, 또는 재벌 집 자녀로 살아가는 인물들의 고민이 엿보이기도 했다.

나에게는 모완수라는 등장인물이 오래도록 남았다. 재벌가에 완전히 편입되지 못하고 자신의 정체성을 끊임없이 고민해야 하는 인물로 어머니의 사랑과 애정이 필요한 철부지, 10대 같은 당돌함과 무분별함이 있었다. 이규한이 연기한 그 역할은 그 배우 특유의 귀여움 덕에 그냥 보통 사람 같기도 했다. 재벌 집 자녀라고 모두 조숙하고 성숙할 리가 있겠나, 더 많은 기회를 얻고도 그것을 십분 활용하지 못하는 이들도 있겠지.

모완수는 운이 없는 경우이긴 했다.

 [우아한 가]의 완수의 대사 중에 너무 평범한 말인데도 오래
도록 남은 것은 "실패했다고 노력을 안 한 건 아니야"였다. 내
가 이 드라마를 보았던 것이 2019년인가 2020년쯤이었던 것
같은데, 아무도 주목하지 않았을 이 드라마의 내용과 그 인물
의 대사가 나에게 하필 생각해 볼 여지를 던져주고 말았다. 우
리가 재능과 노력이 어느 만큼 잘 섞여야 최고의 결과를 낼 수
있는지를 객관적으로 지표를 만들어서 확인할 수는 없는 것처
럼, 어떤 실패한 사람의 노력을 무조건 0이라고 해 버릴 수는
없는 것이다. 실패했다고 노력을 안 한 건 아니니까.

 중간 과제물 점수를 개별적으로 피드백하는 과정에서 자신
이 감점받은 것에 대해, 아니 최고 점수를 받지 못한 것에 대
해 나름 강하게 항의하는 학생이 있었다. 자신은 이 과제를 하
기 위해서 꽤 오래 고민하고 자료를 찾고 정리하고 작성했다며
자신이 생각보다 낮은 점수를 받은 것에 대해 유쾌하지 않은
속내를 보였다. 이 학생은 1장짜리 과제를 제출했는데 과제 형
식도 완벽하게 지키지 않았었다. 내용을 떠나 정해진 기준을

지키지 않은 것만으로도 이미 감점인데, 자신은 그것이 최선을 다한 결과라는 것이었다. 아니, 최소한 자신이 노력했다는 것을 내가 알아야 하고 그것은 감점 사유는 아니라는 것이었다.

학생과 대화를 마친 후 나의 생각은, 저 산 너머, 안드로메다를 넘어, 그리스·로마 시대의 수학자에까지 가 있었다.

내가 지금 학생들이 보고서를 작성하는 데에 들었을 시간이나 노력보다는 제출된 결과물 자체로 당연히 평가해야 한다고 생각하고 있었구나. 학교에서는 과제의 결과, 시험의 결과로 합산된 점수의 결과, 그 결과를 기준으로 학점을 계산한다. 나름 공정한 방식으로 부여되어야 하는 점수이기에 대부분은 그 기준을 가능한 객관적으로 수합하기 위해 규칙을 정해준다. 그런데 그것이 노력을 평가할 수 있을까.

발 빠르고 영민하고 야무진 재능을 조금 더 타고난 사람과 조금 덜 영민한 사람의 노력은 다를 수 있겠구나. 똑같은 분량의 과제나 보고서를 작성한다고 할 때, 그 시간과 노력의 양과 질은 분명 차이가 있겠구나. 우리는 이 차이를 물리적으로 어떻게 계산해 낼 수 있을까? 토끼와 거북이의 달리기처럼, 출발점을 다르게 놓고 계산해야 할까? 아니면, 올림픽의 마라톤처럼 달려야 할 거리를 미리 정해주고 각자에게 몇 년간의 시간을 준 후 정해진 시간, 정해진 장소에서의 완주를 기준으로 평가할까? 수학의 개념은 어쩌면 이런 고민에서 시작되었는지도 모르겠다. 경험해 보지 못해서 직접 재단할 수 없는 땅과 우주의 거리, 별까지의 거리, 물리적 거리, 공간적 거리, 그리고 심리적 거리, 나와 남이 가진 물건들의 가치와 차이를 어떻게든 계산해 보기 위해서.

결과가 중요하기에, 제출된 결과 자체만 좋으면 되기에, 인터넷 검색에서 가장 잘 된 정보만을 추려 편집해서 보기 좋은 형식으로 제출하는 것과, 주어진 주제에 대해 고민하고 자기의 생각을 추려 정리해서 덜 완벽한 상태로 제출하는 것 중 점수는 단연 '보기에 좋은 결과' 쪽이다. 그런데 여기에는 정말 문제가 있기는 하다. 논문심사를 수없이 해 본 베테랑 연구자나 교수자들도 표절의 증거를 찾아내지 못하는 예도 있다. 보기 좋은 결과와 진짜 공부의 결과, 이 두 가지를 우리는 어떻게 가려낼 수 있을까? 보기에 좋은 결과물을 바라는 것이 오히려 성과 중심의 사회를 더더욱 견고하게 만들어 가고 있는 것은 아닐까? 여전히, 내용보다는 형식이, 과정보다는 결과가 중요한 고리타분한 과거 어느 시대의 유산을 답습만 하는 것은 아닐까?

답은 물론, 내용과 형식 모두 중요하다는 것에 두어야 한다는 것을 안다. 교육의 힘이란 바로 그런 변화이니까. 그럼에도, 얼핏 보기에도 완벽하지 않은 과제물을 낸 학생이 찾아와 자신이 노력했다는 점을 피력하려는 모습에서 [우아한 가]의 완수의 대사가 생각난 것이다. "실패했다고 노력을 안 한 건 아니야."

맞다. 노력했다는 것 자체, 시도했다는 것 자체, 어떻게든 해 보았다는 그 자체, 그 자체로 우리는 '성과'를 인정해야 하는 것이다. 모든 노력이 '성공 또는 실패', '100 또는 0', 'A 또는 F'라는 극과 극, 저 흔한 이분법의 방식으로 계산되는 것은 안 된다. 그렇다면, 노력 자체의 질량과 무게를 어떻게 계산해 줄 수 있을까?

그래서 학점에는 A와 F만 있는 것이 아니라 가운데 B, C, D

들이 있다. 보고서 점수에도 10, 9, 8⋯ 점이 있다. 그것이 교수자의 마음이든, 가장 편리해 보이는 알고리즘 방식이든 간에, 보고서 내에 함축되어 있을 학생들의 '시간, 노력, 과정, 결과'들을 가능한 수치로 정량화, 정성화 하여 합산하기 위해 A와 F 사이에 몇 단계의 형식과 노력의 수치들을 구분해 둔 것이다.

그래, 완벽하지 않다고 노력을 안 한 것은 아니기 때문에, 그 성의에 점수를 더 부여할 수 있다. 다행이다. 그 학생의 노력을 계산해 줄 수 있어서. 객관적으로 평가될 수 없는 무형의 노력을 그나마 최대한 객관적으로 판단해 보려는 마음을 담아 채점의 기준을 다시 점검하고 판결한다. 매너리즘에 빠질 만한 이 시기에 '내가 과연 공정한가'를 한 번쯤 점검하게, 잠깐 딴생각에 빠지게 해 준 학생에게 고마운 마음을 가지면서.

음, 그래서 그 학생은 여전히 만점은 아니며 감점을 받을 수밖에 없다는 결론.

묘비명

조지 버나드 쇼의 묘비명은 알려진 대로 "우물쭈물하다가 내 이럴 줄 알았다"이다. 이것은 또, 알음알음 알려진 대로, 쇼의 묘비명을 그대로 옮겼다기보다는 적절히 의역한 결과이기도 하다.

"I knew if I stayed around long enough, something like this would happen."
정말 오래 버티면(나이 들고 나면), 이런 일(죽음) 생길 줄 내가 알았지!
(우물쭈물하다가 내 이럴 줄 알았다.)

또 한 사람, 니코스 카잔차키스의 묘비명에 쓰인 마지막 구절은 "나는 자유다."이다.

"I hope for Nothing. I fear Nothing. I am Free."

"나는 아무것도 바라지 않는다. 아무것도 두렵지 않다. 나는 자유다."

　두 사람의 묘비명을 우리가 기억하려는 것은 두 사람에 대한 경외감 때문이기도 하겠고 또 '죽음' 그 자체에 대한 경각심 때문이기도 할 것이다. 죽음은 그것을 생각하는 순간만으로도 우리에게, 우리가 사는 시간, 우리가 사는 세상, 그리고 우리가 숨 쉬는 이 순간에 대한 '존재'를 확인시켜 주는 요상한 힘이 있다. 죽음이라는 키워드를 인식하게 되는 순간부터, 우리는 조금씩 삶에 대해 다른 관점을 갖게 되는 것 같다. 몸이 어딘가 아프거나 전과 다를 때 우리는 분명 '이상이 있다'라는 심증을 얻게 된다. 곧바로 병원으로 달려가는 부지런하고 예민한 사람이 있는 반면, 나는 몇 달 정도는 보통 버티고 버티다가 병원으로 향하는 것 같다. 세계에서 의료보험이 가장 잘 되어 있는 나라 한국에 살면서, 의료보험료 열심히 내면서, 나는 1-2년에 한 번 가면 되는 건강검진조차 미루고 미루다 엊그제 해치웠다. 하루에 두세 곳씩 병원으로 향하는 가족의 일원이 있기도 하지만, 그런 부지런함을 따라갈 재간도 나에게는 없는 편이다. 올해는 주중 낮에 할 일이 정해져 있어서 처리할 일들은 거의 금요일로 미뤘다. 금요일 오전 시간은 일주일 중 가장 여유 있는 시간이다.

월화수목을 보내고 목요일 늦은 밤이나 금요일 아침이 되면, 조금 더 자도 된다는 안도감에 좋았다. 그 기쁨은 정말이지 말로 할 수가 없다. 금요일은 오전 수업이 없는 날이다! 그래도 일찍 일어나 아침 산책도 하고 미뤄둔 일도 처리하겠다는 다짐은 늘 야심 차다. 어제도 분명 오늘 해치울 일들을 리스트업해 두고 잤고, 아침에 일찍 일어나긴 했다. 그러나, 창문 밖으로 보이는 늦가을 또는 초겨울 풍경들이, 앙상한 나무들이, 그리고 차갑고 시린 하늘이, 뜨는 아침 해가 너무 예뻐서 한참을 창밖을 바라보며 서 있었다. 아침 시간의 풍경이 너무 새로워 좋았다.

멍하니 창밖을 바라보고 서 있다가 오랜만에 거실에 있던 화분 두 녀석에게 관심을 보여주었다. 잎들을 찬찬히 살펴봐 주고 잘 지냈나 안부를 묻고 화분 방향을 반쯤 돌려주었다. 블라인드를 올려주고 '햇살 많이 받아라.' 격려도 해 주었다. 아파트 옆은 건물을 짓느라 보통 7시나 8시부터 분주한데, 살짝 내다보니 바닥 공사가 꽤 많이 진행되었다. 내가 '월화수목, 월화수목' 분주하게 내달리는 동안 지하 주차장 공사가 끝났었나 보다. 보통 집에 돌아오면 늦은 저녁이라 바깥을 살펴볼 일이 없었다. 이 집은 커튼이나 블라인드는 늘 쳐져 있었고 그래서 지난 두어 달 넘게 거실 밖을 바라본 적이 거의 없었다.

그전에는 여름방학 계절학기 때문에, 학기 준비 때문에, 두 번의 이사 때문에 또 분주했고 정신이 없었고 일들이 밀려 있었다. 어느새 늦가을과 초겨울 사이가 되었고, 건강검진과 운전면허증 갱신을 잊은 채 11개월을 훌쩍 지나 보냈다. 올해는 주중 오전, 오후가 바쁜 일정이라서 처리할 일은 언제나 금요일 오전으로 잡아두었었다. 금요일 오전마다 할 일들이 하나씩 쌓여가고 있었지만, 계획은 언제나 틀어지는 법이어서 딱 금요일 오전이 되면 우선순위가 바뀌는 일들이 꼭 생기고 말았다. 그래서 건강검진이나 면허증 갱신이나 이런 일들을 차근차근 미루면서 그때그때 해야 할 일들을 임기응변으로 처리해 버린 것 같다.

참 핑계도 좋고 변명도 많았다. 지나고 보니 그 많은 금요일 오전 시간에 했던 일들이 하나도 기억나지 않는다. 같이 사는 가족이 없으니, 주중에 할 수 있는 일을 대신 처리해 줄 사람은 없다. 내가 세대주이고 거주자이며 수신자이고 보호자이다. 사소한 서류 하나도 직접 가서 준비해야 한다. 어쩌면 가족이 생긴다는 것은 내가 움직일 수 없는 시간에 급한 일들을 나누어 처리할 수 있는 손이 하나 더 생기는 셈이구나, 이제 보니 그런 편리함도 있는 것 같다. 우체국 등기 하나도 집에 사람이 없으면 직접 받을 수가 없으니.

여유 있게 천천히 일어나 창밖도 보고 어슬렁대다가 시계를 보니⋯ 10시가 넘었다. 세상에. 오늘 오전에 할 일도 있었다. 공쳤다. 지금 정리하고 나가도 오전 시간은 다 버린 셈이다. 아침도 못 먹었다. 세수도 안 했다. 11시 30분까지 도착해야 하는 장소는 여기서 30분 거리이다. 점심때 만나기로 한 동료 선생님에게 예약 시간과 장소도 연락해 줘야 한다. 집을 나서면서 한숨이 났다. 금요일 오전의 시간, 여유 있게 많은 일들을 할 수 있을 줄 알았던 이 황금 같은 시간은, 아침 7시 30분이면 출발해야 하는 월화수목의 시간보다 오히려 더 정신없는 시간이 되고 말았다. 후다닥 정리하면서 급히 집을 나섰는데 11시 3분이다. 할 일 두 가지는 아예 놓쳐 버렸다. 11시 30분 약속, 급하게 만나 몇 가지 의견을 나누고 점심을 해결한 뒤, 허둥지둥 오후 일정을 소화하러 이동했다.

 아, 나의 귀한 금요일 오전의 시간, 이 시간은 오늘 왜 죽은 시간이 되어 버렸나. 정말 많은 일들을 할 수 있었는데… 아니지, 한 두어 시간만 일찍 일어났어도 되는데. 죽기 살기로 일어나는 일이 나는 왜 안 되는 거지? 그러면서 나는 저 훌륭한 위인들의 묘비명을 떠올렸다. 저들이 주는 그 경각심을 왜 잊고 사는 걸까. '어제 죽은 사람이 그토록 바라던 내일'이라는 시간, 이제 죽어버린 시간, 이제 영원히 돌아오지 않을 금요일의 이 시간. 아마 나는 오늘 하지 못한 일들을 토요일과 일요일에 또 한꺼번에 해야 할지도 모르겠다. 못한 일은 또 다음 주로 미뤄질 것이고… 그러다가 어느 순간, 긴장해야 하는 순간이 오면 그때는 후회하겠지? 조금만 부지런할 걸, 조금만 더 일찍 일어날 걸….

 생동할 기회를 스스로 버리는 자, 삶의 시간을 충분히 소진

우비 순트Ubi Sunt, 삶의 방향타를 잃고

하지 못하는 자, 게으른 자. 정말이지 죽음이 두려워지면 그땐 내가 정신을 차릴 수 있을까? 과연 나도 언젠가 하루쯤은 새벽 4시에 일어나 하루를 시작하는, 부지런하고 야무진 어른이 되어 볼 수 있을까?

그래그래, 묘비명엔 이렇게 적자.

"허둥지둥하다가 너 그럴 줄 알았다. 너에게 자유란 영원히 없다."

용두사미 혹은 기투(企投)

　좋은 습관 하나 만드는 일이 뭐 그리 대수라고, 나는 벌써 수년째, 아니 벌써 십수 년째 작심삼일 계획들을 반복하고 있다. 지켰다 안 지켰다 하는 기상 시간, 하루 운동 등은 이제 적어두기도 민망하다.

　한 걸음 한 걸음 조금씩 해 나가는 일들이 얼마나 중요한지 새삼 느끼는 중이다. '꾸준함'이 강점인 사람은 칭찬받아야 마땅하다. 매년 계획만 세웠다가 실천 못 하고 마는 운동이나 외국어 정복과 같은 계획들은 나는 이제 다이어리에 적지 않는다. 지키지도 않을 것을 뻔히 알고 있어서 계획을 세우는 그 자체가 너무 지겨울 정도가 되었다. 나를 믿지 못한 지 오래다. 다 채우지도 못하는 다이어리며 플래너도 필요 없다.

2008년인가, 나름 해 볼 수 있겠다고 판단하고 준비했던 시험이 있었는데 결국은 해내지 못했다. 당시 나로서는 온몸을 던진 도전이었지만, 다른 어른들, 특히 내 또래의 자녀가 있는 지인들이 봤을 때는 '저렇게 해서 합격하겠나' 싶었던 것 같다. 나는 당시 학부 마지막 학기를 다니고 있었고 아르바이트도 병행하고 있었다. 자신의 자녀라면 우선 서울로 보내 학원 종일반에 등록하고 편안하게 공부에만 전념할 수 있도록, 그 시험에 온몸과 마음을 다할 수 있도록 지원할 것이라고 했던 사람이 있었다. 그렇게 전폭적으로 해야 겨우 합격할까 말까 하는 공무원 시험이었다. 혼자서 준비하고 공부하고 시험도 치러야 하는 나로서는 그런 준비는 엄두를 내지 말아야 했다. 내가 한 것이라고는 비상금을 모두 털어 학기가 끝나자마자 서울로 올라가 시험 전 몇 달을 집중해서 공부해 본 것, 그것뿐이었다.

지금 생각하면 더 현명하게 준비했어야 했다. 그때 끝을 봤어야 했다. 나는 어떤 일에 집중할 때, 모든 정보를 다 섭렵하고 사소한 것까지 검색해서 비교한 후에 결정하고 하는 편은 못 된다. 성과나 결과가 중요한 한국 사회라지만 나는 모든 시험이 '기출문제에서 답을 찾는 기술' 중심으로 평가되거나, 실력이 아니라 시험 자체를 잘 보는 요령을 알려주는 학원식 문제 풀이 방식을 선호하지 않았다. 그것은 너무 바보 같은 생각이었다. 바보 같은 고집이었지. 시험에 순수함이 어디 있어, 그냥 답만 맞으면 되는 거지.

점수나 수치화된 결과로 당락을 평가하는 모든 시험은 결국 가장 빠른 방법으로 공부하는 길이 맞는 것 같다. 예를 들어 합격을 위해 공부하는 시험이라면 '합격'에만 집중하면 되는 것이지 그것을 준비하는 과정의 순수함까지 신경 쓸 필요는 없는 것이었다. 공인 외국어 시험에서도 한때 시험점수와 실력 간의 격차 때문에 말이 있었던 적이 있다. 특히나 한국에서는 높은 공인 시험점수와 현장에서의 외국어 말하기 등의 편차가 커서 신뢰도가 떨어지기도 했다. 대학마다 다르긴 하지만 지금도 토익시험은 졸업 인증을 위한 필수 영역에 들어가 있어서 방학을 이용해 일명 '사관학교' 또는 '스파르타' 식으로 집중 코스를 수강해 점수를 받는 경우도 많다.

언젠가 나는, 어떤 것을 집중해서 단기간에 학습하는 일과 적지만 꾸준히 오래 공부해 가는 일 중 어떤 것이 더 큰 효과가 있을까를 생각해 본 적이 있다. 전자가 단연 높은 효과가 있을 것이었다. 외국어 공부라면 특히 더 그럴 것이다. 외국어 학원이나 학교 공부를 통해 십수 년 공부해 가는 것과 1년 또는 2년 외국에 살면서 그 나라 언어를 배우는 일 사이에는 '도입' 값에서부터 이미 차이가 있다. 따라서 '산출' 값의 차이는 명확하다. 인풋이 많을수록 아웃풋이 많은 것은 당연한 논리다. 아이가 모국어를 습득하는 방식은 말이 트이기 전까지의 엄청난 인풋, 거기에 답이 있지 않던가.

그런데 또, '집중'과 '단기간'의 방법으로 한번 습득해 둔 외국어를 오랜 기간 사용하지 않는다면 그것은 또 결국 무용지물이나 다름없겠다는 생각을 해 보니, "꾸준함"의 마력도 무시하지 못하겠다는 답도 나온다. 어릴 때 피아노를 배웠던 아이들이 성인이 되어 피아노를 다시 치려면 레슨도 다시 받아야 하고 결국 새롭게 도전하는 것과 마찬가지라는 말도 들었던 적이 있다. 물론, 이미 한 번 몸에 익혔던 기능이라면 되살리는 데에 비교적 적은 시간이 들 것이라는 생각은 든다.

"결국 너는 용두사미가 있어. 기회비용을 생각했어야지.", 내가 그 시험에 떨어졌을 때 학과의 교수가 했던 말이 지금도 생각난다. 대학원에 진학하라고, 그러면 학과 조교로 추천하겠다고 말했던 교수였는데, 다른 시험을 준비하러 가겠다는 나를 응원해 주지는 않았다. '네가 그런 시험을? 될 것으로 생각했나?'라고 말하려는 것이 표정에 역력했었다. 당연하다는 듯, 은근히 비아냥대는 그 교수가 나는 무척 실망스러웠다. 학부 3, 4학년 내내 대학원 진학을 상담했고 지도교수로 예정하고 있었지만, 그 무렵의 그런저런 일들로 '교수자' 또는 '어른'으로서 존경할 만한 마음은 들지 않았다.

결국 나는 그 교수에게 지도받지 않았다. 사실 그것은 당시로서는 내가 지키고 선택할 수 있는 최소한의 자존심이었다. 아무리 잘 나가는 교수자라 하더라도 교육자가 추구해야 하는 가치를 잊은 사람에게 나의 시간과 에너지를 바칠 필요는 없겠다고, 이십 대의 나는 참 순수하고 '겁 없이' 생각했던 것이다. 그리고 그것은 어떤 면에서는 손해가 맞지만 후회하지는 않는다. 상아탑의 가장 높은 곳에 가장 순결하고 성실한 교수자들이 있을 것으로 생각했던 믿음이 깨진 것이 그즈음이었다. 그건 당연히 깨졌어야 할 믿음이고.

어떤 조건을 내걸며 '내가 너를 위해 이렇게 할 예정이다'와 같은 영혼 없는 약속을 쉽게 내뱉는 피상적인 얼굴의 어른보다, 나는 '기투(企投)', 미래를 향하여 자신을 던질 수 있는 용기를 지지해 주는 스승이 좋았다. 현실적인 문제를 짚어주면서도 '그러나 네가 잘할 수 있는 일을 선택하라'는 조언도 잊지 않은 그런 스승이 좋았다. 그런 스승들을 믿고 의지하고 모범으로 삼았지만, 그렇다고 후자 쪽이 모든 결과가 좋다고 할 수는 없었다. 가치를 추구하는 것이 현실적인 성공을 보장해 주지는 않는다는 것, 그 정도는 그때 나도 이미 알고 있었다. 그러므로 결국, 모든 선택의 책임은 자기 자신이 지는 것이지. 물론 시간을 다시 되돌린다고 해도 결국 나는 같은 선택을 할 것이다.

오늘 다시 생각해 보는 것은, 지키지도 못하면서 다시 또 시도하려는 내 모든 계획이 그저, 그때 그 교수가 내게 말한 것처럼 기회비용을 날리는 용두사미, 주목받지도 못하고 의미도 없는 일일 뿐인가 하는 점이다. 되지도 않을 일을 시도하는 것, 실천하지도 못하면서 포기는 못하고 다시 해 보는 일, 기회비용을 고려하지 않는 일들은 모두 비생산적인가. 성공할 확률이 적은 일은 애초부터 시도할 필요가 없는가. 결국 의지가 박

약한 나의 노력은 시도할 가치도 없는 저 용 꼬리 끝의 의미 없는 근육조직일 뿐인가, 아니면 몇 번쯤 다시 해 보면 잔잔한 파문 정도는 일으킬 수 있는 의미 있는 시도인가. 성공하지 못하는 삶은 아무 의미도 없는가.

잦은 실패들도 그 안에 작고 작은 의미가 있는 것이라면 그렇다면 나는 '용두사미'가 되더라도, 현재를 초월하려는 그 사소한 정신으로, 그래, 기투! 미래로 자기를 내던지는 저 실존의 존재 방식으로 다시 시작해 볼 것이다. 사소한 노력, 그것에도 진정 의미가 있다면 말이다.

효창공원앞역에서

6호선 효창공원앞역 방향을 향할 때마다 생각에 빠지곤 한다.

나는 한동안 지하철 6호선만 보면, 아니 서울의 전철역 지도만 보아도, 서울만 떠올려도, 그해, 그 시간, 그날들이 생각나 우울해졌다. 공덕역 플랫폼에 서서 유리창에 비치는 시구를 멍하니 바라보면서도 나는 효창공원앞역을 떠올렸다. 환승 열차를 기다리는 시간 동안 나는 수십 편의 편지를, 시를 쓰곤 했던 것 같다.

한여름 비 내리던 밤, 그 늦은 밤을 걷던 시간, 그리고 마포와 이태원의 그 거리. 나는 매번 진심이었고 그는 말장난으로 넘겨 버린 이야기들이 나에게는 잊지 못할 기억과 상처로 남았다. 지나고 보니 마치 인디언 섬머처럼 아주 짧은 기간이었다.

그 시간 동안 그는 적당히, 그러나 나는 모든 에너지를 쏟았고 그 시간에 최선을 다했다. 나는 그의 한마디 한마디를 경청했다. 그러다 점점 장거리 통근에 몸이 지쳐가면서, 여기저기 신경 쓰며 지내느라 마음의 에너지도 소진되었다. 철이 안 들어서인지 나는 그때 그 시간의 강렬함에서 한동안 헤어나지 못했다. 시간이 지나도 그해 여름만 생각하면 내 마음은 마치 시간 터널 저쪽으로, 나선형 공간 속으로 빨려 들어가는 시간 여행자가 된 것처럼 뱅글뱅글했다. 그리고 그 생각의 터널은 언제나 공덕역 플랫폼을 거쳐 효창공원앞역까지 순식간에 이동해 있고, 거기에는 그 여름의 이야기가 파노라마로 펼쳐져 있곤 했다.

거의 일주일에 반 정도를 서울을 오가며 지냈던 그 시간은 이제 과거도 아니고 현재도 아닌 동떨어진 시간으로 남아 버렸다. 내가 정말 경험한 시간이 맞나 싶을 때도 있다. 십수 년 만에 다시 만난 인연을 떠올릴 때마다 즐겁고 기쁜 기억이 아니라 마음 한편이 아픈, 파랗게 시린 기억으로 남아 버린 것이 아쉽다. 내가 좀 더 철이 들었더라면 지금 더 현명하게 조금 더 앞으로 나아가 볼 수도 있었겠지. 그러나 나는 그때, 적당히 에

우비 순트Ubi Sunt, 삶의 방향타를 잃고

너지를 남겨야 했다. 일 때문에 서울과 지방을 매일 오갔는데, 장거리 여행이 생각보다 쉬운 것이 아니라서 체력을 남아나질 않았다. 이건 여행처럼 즐기면서 해 볼 일은 아니라는 것을 나는 한참 뒤에야 알았다. 장기간의 이동으로 몸이 버텨내지를 못했는지 쉬는 날이면 몸은 천근만근, 두통도 심했었다.

삶을 살아가는 일에도, 생업에도, 그리고 다른 일에도 에너지를 분산했어야 하는 현실 때문에, 나는 그해 여름, 미련이나 후회를 남기지 않을 만큼만 딱 그만큼만 최선을 다했던 것 같다. 당시로서는 어쩔 수 없었다. 내 길이 아니었고 내 것이 아니었던 모양이라고 생각하고 그때 나는 손을 놓아 버렸다. 내 몸을 살리는 대신 내 건강한 영혼과 아름다운 추억을 버렸다.

그래서 2017년, 2018년, 그리고 2019년. 이 시간 중 반은 나에게 시리고, 아리고, 차디찬 눈발 같은 기억들이다. 이제 '서울로 가는 길'을 떠올리면 머릿속은 마치 미리 입력된 전환 모드가 순간적으로 바뀌듯, 자동으로 '효창공원 앞' 그 역에 가 있다. 기차든 버스든 비행기든 어느 수단으로든 내 몸이 서울과 가까워질수록 마음이 콩닥, 머리는 서늘, 몸은 멍해지면서 나는 다시 2017년 그 여름의 기억 속으로 헤엄쳐 가고 있다. 내가 탄 지하철이 2호선이든, 5호선이든, 어디서든 나는 항상 6호선 안에 있는 것만 같았다.

몇 년 사이 나는 말수가 더 줄었다. (이야기할 친한 사람이 많지도 않았다.^^; 인간의 목소리가 싫어진 시기도 있었다.) 지난 2년여간은 일명 '코로나 시국'이어서 특별한 이유가 없으면 사람을 덜 만나도 괜찮았던 것 같다. 핑계 삼을 단순한 이유가 있어서 좋았다. 회의든 수업이든 비대면이 우선이었고, 불필요한 모임이나 만남은 적당히 거절할 수 있었다. 연락을 끊고 잠적해도 어느 정도 코로나 시국이라는 핑계나 해명이 허용된 것 같다. 은근히 편했고 좋았다. 그런데 이런 상황이 오기 전부터 나는 전화나 메시지, 또는 그 어떤 도구를 통한 인간과의 소통에도 흥미를 잃어가고 있었다. 내향적인 기질이 농후한 천성도 있었겠지만, 효창공원앞역에서의 그 기억들이 트리거가 된 것은 분명하다.

아, 효창공원앞역이 내게 준 그 더운 여름날의 기억들…. 그 여름의 갑작스러운 나의 일탈은, 잠시 쉬어가는 시간, '타임' 같은 것이었나 보다. 나는 잠시 서울에 정착하고 싶은 마음이 들기도 했었다. 그러나 그 즐거운 시간이 곧 '여름 한낮' 또는 '한 여름 밤의 꿈'이었다는 것을 알게 되었다. 여름이 지나자, 그 시간도 끝이 났다.

이후 내게는 몇 가지 변화가 생겼다. 그해 여름은 내 삶의 궤도를 수정한 것이다. 일에서든 삶에서든 희망이 있을 것으로 생각했던 일은 접어 버렸다. 내 인생도 어쩌면 내가 원했던 대로 흘러갈 수도 있겠다는 작은 희망과 기대를 잠시 가졌었지만, 그 생각은 이내 '불가능'으로 판명되었고 그런 희망은 궤도 밖으로 밀려났다. 잠시나마 꿈꾸었던 서울에서의 생활은 포기했다. 진로를 바꿨으며, 6호선 대신 2호선을 타고 다녔다. 이사도 했다. 인간의 목소리와 소통과 관계와도 일단 멀어지는 편이 나아 보였다. 일명 멍때리기와 음악에 푹 빠져 지내기도 했다. 모든 것이 덧없게 느껴지는 충격적인 시간을 한동안 보내고, 그리고 깊이 고민하지 않고 미국행을 결정해 버렸다.
지하철 6호선은 왜 내게 이렇게 마음 아픈 지도로 남았나. 나는 알지만, 그는 모르는 이 억울한 현실.
삶에서 참 좋은 타이밍이란, 열심히 살거나 열심히 생각하는 사람에게 주어지는 것은 아닌가 보다. 나에게도 〈재벌 집 막내아들>의 윤현우와 같은 환생의 기회가 주어진다면, 어쩌면 나는 2017년으로, 아니 스무 살쯤으로, 아니 아니 스무 살에서 딱 3년만 더 앞으로 돌아가 보고 싶다. 물론 내가 다시 그곳, 효창공원앞역에 선다 해도, 우리들의 이야기는 바뀌어 있지 않겠지만 말이다. 미래는 내가 다시 과거로 돌아간다 해도 결과를 바꿀 정도로 수정될 수는 없을 것이다.

그래서 지금 나에게 효창공원앞역의 그 한 여름의 이미지는 그렇게 차디찬 겨울 한낮 같은 느낌인가 보다. 딱 이번 주처럼 한겨울 칼바람 같은.

그는 지금 어디쯤 있을까, 분당이나 제주도, 아니면 멀고 먼 캐나다의 어느 곳에 있을까. 아마 나는 한동안 이런 곳들을 일부러 방문하지는 않을 것 같다. 스무 살이 넘어도 철들지 못하고 상처받고 또 상처받는 내가 안타까워서, 그래서 효창공원앞역은 더더욱 가 볼 일이 없겠지.

우비 순트Ubi Sunt, 삶의 방향타를 잃고

언어의 장벽을 느낄 때

　모국어가 아닌 제2의 언어, 외국어를 말할 수 있다는 것은 얼마나 큰 능력이며 멋진 일인지. 나는 이것을 외국어를 처음 배웠을 때도 몰랐고 졸업을 위한 영어점수 때문에 공부할 때도 몰랐다. 언어, 특히 외국어 하나를 마스터하고 있다는 것은 곧, 행동의 자유로움을 뜻한다는 것을 지금은 안다.

　시험을 위한 영어 공부가 필수라면 의사소통을 위한 외국어 학습은 선택의 문제이기도 하다. 그래도 학교 울타리 밖에서 새롭게 익혀야 하는 공부거리라는 점에서는 스트레스가 되기도 할 것이다. 만일 단기간의 여행 때문이 아니라 이민이라거나 장기간의 거주를 위한 해외 생활이 당장 현실이라도 된 상황이라면, 언어의 장벽은 두려움이 되기도 한다. 이 사실을 나는 꽤 오랫동안 실감하지 못했었다.

하나. 우즈베키스탄에서 온 학생들

　해외에서 유학 생활을 해 보지도 않았지만, 반년 또는 그 이상의 해외 생활을 염두에 둔 사람이라면 우선 그 나라 언어부터 공부하게 될 것이다. 나는 최근 우즈베키스탄에서 온 학생들을 꽤 만났는데 그들로 인해 그동안 실감하지 못했던 '언어의 장벽'이 주는 아주 큰 두려움에 대해 진지하게 생각해 보게 되었다.

　한국으로 유학을 결정한 20대 초반의 학생들은 한국에 오기 전부터 한국어를 배우기 시작한다. 최근 2~3년 사이에는 그 방식이 비대면이 많았던 것 같다. 나도 전화영어나 화상영어 같은 비대면 학습을 해 보았던 만큼, 이런 외국어 학습도 분명하지 않는 것보다는 도움이 된다는 것을 알고는 있지만 대면 수업의 효과를 따라가지는 못한다. 유학을 준비하는 학생들, 그리고 실제로 한국에서 몇 년을 거주해 본 학생들로서도 한국어 말하기 수준은 생존과 직결되는 문제처럼 느껴져 한국에 오고 나서 더 열심히 하게 된다는 것을 알게 되었다. 그리고 그들은 정말 빠른 시간에 한국어를 배운다!

영어를 세계 공용어로 생각하고 한국어 기초만 습득해서 입국한 학생들은 유학 초반에 꽤 많은 시간을 언어 공부에 할애해야 할 것이다. 물론 결혼이민자들이 우리나라도 꽤 많으니 그간 쌓인 노하우나 정보의 바다들이 많기는 하지만, 외국어 습득은 결국 개개인의 문제, 각자의 상황에 따라 경험치가 다르므로 평균이나 통계로 재단할 문제도 아닌 것 같다고 느낀다.

한 학생이 한국이 정말 좋지만 '가나다라'도 모르고 입국해서 고생했다는 이야기를 했다. 한국은 선진국인데, 자신이 생각했던 것만큼 한국인들이 영어를 쓰지 않는다는 것에 놀랐다고 했다. 생각해 보니, 그 말이 맞았다. 서울의 특정한 장소는 다르겠지만 지방의 편의점 주인이 외국인 학생에게 능숙하게 영어로 응대할 일은 많지 않을 것이기 때문이다. 한밤중에 인천공항에 도착해 지방으로 내려오는 버스가 없어 밤새워 기다렸다는 이야기들을 들으면서 '참 고생했겠구나'하는 마음에 울컥하기도 했다. 나도 몇 년 전에 싱가포르에서 밤늦은 시각 전철로 혼자 공항까지 이동하면서 약간 불안했던 기억이 있는데, 영어가 통하는 나라가 그 정도였으니 생소한 한국에서 첫날이 얼마나 불안했을까 싶었다.

두울. 나도 그때 그랬지

언어의 장벽을 느낀다는 일, 사실 나도 이 두려움에 대해 알면서 모르는 척했는지도 모르겠다. 교환학생으로는 미국에서, 워킹홀리데이를 위해 호주에서 몇 달씩 지내본 나도, 사실은 겨우 의사소통이나 되는 짧은 영어로 버틴 것일 뿐 언어의 장벽을 느낄 만한 상황은 가능한 피하며 지냈었다. 돌아보면 언어의 두려움 때문에 그 생활을 100% 즐기지는 못했던 것이 사실이다. 반면 영어를 아주 잘했거나 외향적인 친구들은 나와는 경험의 밀도가 달랐다. 가장 안전한 곳에서 최소한의 활동만으로 그 귀한 시간을 보내버린 것이 지금 생각하면 아쉽기만 하다.

한국은 그나마 밤거리 문화가 발달해 있고 치안 문제도 몇몇 선진국들이나 유럽 등과는 다르다(아직은 더 안전해 보인다). 그래서 오히려 북미지역이나 유럽 등에 비해 활동에 제약이 덜하다는 장점도 분명히 있다. 하지만 영어권이 아닌 다른 문화권에서 온 유학생들에게는 그 처음 몇 달간은 문화적 충격과 함께 언어에서 느끼는 두려움과 맞서야 하는 힘든 시간이었을 것이다. '유학'이라는 것이 내게도 늘 로망 같은 것이었지만 '이곳에서 버텨야 한다'라는 마음으로 경험해 본 적은 없었다. 나는 그들이 처한 그 마음의 두려움과 긴장을 가늠하지 못했던 것 같다. 아니, 생각해 볼 기회가 없었다.

그러나 지금은 안다. 경험을 통해서도 알고, 관찰을 통해서도 알고 있다. '언어의 장벽'이 해소된다는 것은 정말이지 자신의 나라 밖, 그 어느 곳에서도 마음을 놓고 살 수 있는 또 하나의 둥지가 생기는 셈이라는 것을, 그리고 아주 큰 기회가 된다는 것을. 그래서 나는 예를 들면 우즈베키스탄과 같은 나라에서 온 유학생들이 영어보다는 가능한 짧은 한국어로 소통해 보려는 노력을 사랑하게 되었다.

세엣. 다시, 우즈벡 학생들

학생들은 영어나 자신의 모국어로 능숙하게 말할 수 있는데도 짧은 한국어로 대화를 시도하거나 그날 오전에 배운 한국어 문장과 문법을 오후의 내 수업 시간에 바로 "써" 먹곤 했다.

어떻게든 한 문장이라도 더 배워보려는 노력…. 그러면 또 나는, 그 문장들을 바로 잡아줘야 했기에 또 몇 분씩을 할애했다. 한국어 수업에서 배운 내용들을 자신들도 충분히 연습할수가 없는 상황이니 한국어로 수업하는 나에게 시도해 보는것이었다. 그 노력이 정말 가상해 보였고 매번 칭찬해 주고 싶었다. 그들이야 일종의 가성비 '갑'인 방식을 선택한 것일 뿐이었겠지만 말이다. 국적이 이들과는 다른 중국이나 베트남에서온 선배 학생들이나 이미 한국어 능력 시험에서 몇 급 이상의실력을 검증받은 학생들은 초급 수준인 이 우즈베키스탄에서온 학생들의 이런 노력을 귀찮아하며 바라보기도 했다. 그러나우리 모두 초보자였던 때가 있지 않나, 그렇게 생각해 주었으면 했다.

그런데, 이들이 그렇게 더디게 공부했는데도 종강할 무렵에는 놀랍게도 모든 학생의 회화 실력이 꽤 좋아져 있었다. 수업시간 외에도 외국어 친구 프로그램들을 활용해서 한국어도 연습하고 있었다. 수업에, 약속에, 이것저것 채워야 하는 미션들에 매일매일 바쁜 시간을 보냈을 텐데, 신기하게도 그렇게 조금씩 학습한 효과는 아주 컸던 것 같다. 그렇게 첫 학기를 마무리하면서 학생들이 들려준 〈한국에서의 첫 학기〉에 관한 이야기들은 눈물 나도록 감동적이었다. 대단해 보였다. 그중 영어에 능숙하지만, 한국어를 못하기 때문에 자신이 마치 '부족하거나 덜 똑똑한' 사람처럼 보이는 것이 싫었다는 솔직한 이야기가 기억에 남는다. 나는 괜히 미안한 마음이 들었다.

언어의 장벽은 그 순간의 의사소통이 문제가 되어서 괴롭다기보다 간단한 어휘로 해결될 수 있는 상황인데도 언어 때문에 소통이 어려워지면 그 상황에서는 마치 무능력하고 영특하지 않은 이미지를 주게 되는 면 때문인 것 같다.

네엣. 보고 싶은 애나와 어머니

돌아보면, 나도 언어 때문에 진전하지 못한 관계가 꽤 있었다. 나는 시드니의 오페라 하우스가 바라다보이는 키리빌리 지역에서 한동안 자원봉사를 한 적이 있다. 내가 하숙했던 집의 집주인인 애나는 경찰이었다. 애나는 이민 2세대로서 영어가 능숙했고 어머니의 모국은 크로아티아였다. 나는 애나의 어머니와도 친해졌는데 한국에 돌아오고 나서도 몇 번 통화를 해보고 서로의 안부를 묻곤 했었다. 그러나 우리의 대화는 매번 안부와 기초적인 문장 안에서 끝나고 말았다. 원인은 애나의 어머니와 나의 짧은 영어 때문이었다.

우리가 만일 영어를 아주 잘했거나 내가 크로아티아에 대해 조금 더 알았더라면 훨씬 더 생산적이고 풍성한 대화가 가능했을 것이다. 언어의 장벽은 그러니까 내 인생에도 아주 큰 영향을 주고 있었다는 사실을 나도 미처 모르고 있었다. 가보지 않은 길, 그것은 언제나 '미지의 길'로 남는다. 언어와 관련해서 지난 3년여의 세월은 내게 아는 만큼 보이는 것의 진리, 그 진리를 새삼 느끼게 된 시간이었다.

다섯. 이제 그들의 언어에 대해 알고 싶은 이유

나는 지금 우즈베크 언어의 기원에 대해 몇 권의 책이라도 읽어볼 참이다. 한두 가지의 역사나 몇 개의 단어만 익히고 끝이 나더라도, 우즈베크어를 영원히 말해 볼 수는 없더라도 말이다. 내가 해 보려는 이 최소한의 노력이 다음에 만날지도 모르는 우즈베키스탄 학생들의 불안감과 마음의 부담이라도 조금 덜었으면 좋겠다. 최소한 그 나라의 언어와 문화와 역사에 대해 조금이라도 관심을 두고 공부해 보려는 평범하고 이상한 한국인도 여기 있다는 것에 위안을 삼아주었으면 좋겠다는 마음이다.

우리가 수십 년 전, 먼 먼 동양 미지의 나라에서 온 '일본인이나 중국인같이 생긴' 동양의 작은 나라의 국민이었을 때에는 한국이 어디에 붙어있는지만 알아보는 외국인을 만나도 그 관심이 반갑고 고마웠던 것처럼, 처음 한국에 온 이 이방인들이 불안해하지 않도록 3개월만 작은 노력을 보태고 싶다. 물론 나에게도 동유럽이나 중앙아시아의 나라들은 여전히 먼 이국이며 타국일 뿐이라서 생소하지만 말이다.

언어의 장벽을 허무는 것은 밀도 있는 시간의 힘이 있어야 가능한 일이다. 결국 문화를 이해하려는 관심에서 시작하고 또 끝나는 일이라서, 나의 이런 노력으로 단번에 끝낼 수 있는 일이 아니라는 것은 알고 있다. 그리고 당연히 나의 이 시간과 비용은 아무도 알아주지 않을 것이고 월급에 보태어지지도 않는 덧없는 노력일지도 모른다는 것도.

우비 순트Ubi Sunt, 삶의 방향타를 잃고

어떤 집주인

학교 기숙사에 살았던 기간을 빼고도 꽤 오래 월세 세입자로 살아 보았다. 내가 살았던 집 중에는 원룸도 있었고, 친구네 집 방 한 칸도 있었고, 소형 아파트도 있었고, 그리고 해외로 연구년을 떠난 교수의 아파트도 있었다. 학부를 졸업한 이후였기 때문에 대부분은 학교, 직장과 가까운 거리에 있는 곳들이었다. 살림보다는 숙소처럼 살았던 곳이라서 장기적으로 거주를 할 수 없는 상황이기는 했지만, '비정규직'으로 오래 일한 덕에(!) 다양한 집주인들을 만나본 것 같기는 하다. 집을 사는 문제나 부동산 투자에는 아무 관심도 없던 내가 꽤 여러 번 중개업소를 통해 계약서를 써 왔었다는 것을 상기하니 이건 또 나도 대한민국의 보통 사람이 맞는 것 같아 (쓸모도 없을) 소속감도 느낀다.

몇몇 집주인들과 만나고 헤어지는 동안 나는 20대에서 30대를 훌쩍 지나왔다. '이사를 자주 다녔다.'라는 표현만으로는 마치 '집을 찾아 삼만리 인생'처럼 보일지도 모른다. 하지만 집주인들과 만나고 헤어지는 십수 년의 시간 동안 정작 내게는 그곳에 정착해 버릴 만한 인생의 큰일(!)이 생겨주지 않았다는 일이 더 슬프다! 예를 들어, 세 들어 살던 옆집, 앞집, 윗집에 살던 입주민이 이상형이었다든가, 그 시간 동안 일했던 직장에서 정규직으로 전환되는 기회가 되었다든가 하는, 결혼이나 취업으로 이어지는 큰일들 말이다. 이사하지 않아도 되는 환경들을 나는 만들지 못했던 것 같지만 그 시간조차 나의 인생이라는 사실, 그것조차 아주 중요하다는 것을 이제는 안다.

　　내가 만났던 집주인 중에는 지금도 생각나는 분들이 두엇 있다. 중간에 집주인이 집을 팔아버려서 이사했던 일도 있다. '여기가 마지막 거주지였으면 좋겠다' 싶었던 곳도 있었다. 야심차게 이사했다가 층간소음에 시달린 적도 있다. 재계약을 않고 이사 나간다고 했더니 월세를 깎아준 주인도 있었다. 학교에 일하던 때에는 연구년으로 해외로 가신 교수의 집에 살기도 했다. 나는 이후에 이 학교에서 오래 근무했으니, 어쩌면 뒤

끝이 가장 안 좋은 경우였다.

그즈음 느끼게 된 '집'이라는 공간이 주는 심리적 안정감은 참 신기했다. 이 모든 경우에도 내가 돌아올 곳이 있다는 것은 그나마 버틸 수 있는 에너지가 되었던 것 같다. 그러니까 고향이라거나 부모님의 집이라거나 하는 최종 보루와 같은 공간의 든든함만 있다면 우리는 월세 생활이라도 나름 당당하게 해 나갈 수 있을 것이다. 여차했을 때 짐 싸서 돌아갈 수 있는 곳, 우리는 이것 때문에 결국 '집을 마련하는 일'을 중요하게 생각하는 것이 아니겠는가. 한국과 다른 문화권에서도 집을 마련하는 일의 심리적 안정은 큰 차이는 아닐 것이다.

우선 욕해 주고 싶은 집주인을 기록해 보기로 하자.

대학원에 입학하고 첫 학기인가 지났을 때였다. 주중에는 학교에서 시간제 업무보조원으로 일하고 있었다. 어느 날 학과 교수로부터 다른 학과의 모 교수가 해외로 연구년을 가게 되어 학과 조교와 직원 중에서 1년 정도 집을 관리해 주고 살아줄 사람을 구한다는 이야기를 전해 들었다.

당시, 내가 타지에서 통근해야 하는 상황이었던 것을 알고 있던 교수는 나를 추천해 주었고 1년간 그 집에서 살게 되었다. 학교와 가깝고 웬만한 살림이 다 있던 곳이어서 나는 거실과 방 하나 정도만 사용하면서 아주 단순하게 생활했다. 그 집의 주인이었던 교수도 학기 중에는 그곳에 혼자 기거했던 것이라서 살림을 많이 하지는 않았지만, 청소 상태는 꽤 불량했었다.

몇 가지 조건만 서로 지켜주기로 하고 나는 내가 관리할 부분을 포함하여 청소까지만 신경을 좀 쓰며 지냈다. 대학원 공부는 재미있었지만, 아르바이트까지 병행하며 다니던 차라 그 집에 거의 있지 못했다. 잠만 자고 거의 학교에서 생활했으며 대신 처음에 그 집에 갔을 때보다 깨끗하게 청소만 해 두고 지내다가 계약이 끝날 때까지 지냈다. 겨울방학에 입주했다가 다음 해 겨울방학이 시작될 즈음 그 집에서 나왔다.

그런데, 이 집의 주인을 욕하고 싶은 이유는 그다음에 일어난 일 때문이었다. 처음 집주인은 내가 그 집에 살았다는 것을 나를 추천한 교수와 자신 외에는 몰랐으면 좋겠다고 해서 나는 그렇게 했다. (정말 시골에 계시던 나의 엄마와 동생 외에는 아무도 몰랐다) 나중에 알고 보니 알음알음, 교수들이 이 사실을 제법 알고 있었다.

이 일은 당연히 세입자였던 나의 처지가 아니라 은혜를 베푼 집 주인의 관점에서 이야기가 전달되었다. 그래도 나는 누구에게도 그 집 주인에 관해 이야기는 하지 않았다. 해가 지난 어느 날 그 집 주인이 연락을 해 오기 전까지는 그나마 비밀 누설에 관해서도 (죽을 때까지) 함구할 생각이었다. 그렇게 예의 바르게 대할 필요도 없었다는 것을 나중에 알았다.

대학원 석사 과정을 마치고 학교 직원으로 일하고 있던 나에게 그 집 주인이 연락을 해 왔다. 그 집을 나온 지 꽤 오래 지나서였다. - 사실 그 집에 내가 들어갔을 때도 나는 그 교수를 만난 적이 없었다. 나를 소개해 준 그 교수와 나와 집주인인 교수는 서로서로 모르는 상태에서 인수인계하자고 이야기가 되었던 상태라서 그 집주인은 자신의 대학원생이 아닌 타 학과의 대학원생 중에서 집을 관리해 줄 사람을 찾았다고 했다. 그러니 나는 집주인과는 대면한 적이 없었던 셈이다.

연락을 해 온 이유는 안방에 넣어둔 옷장 안의 옷이 곰팡이가 피었고 아주 고가의 옷이기 때문에 관리를 잘못한 내가 변상해야 한다는 것이었다. 학교 앞 원룸으로 이사 나오고 난 뒤로 그 집은 몇 달 다른 사람이 관리한다고 들었는데 그것도 아니었던 모양이다. 내게는 안방의 열쇠도 없었고 짐이 들어있는 방은 손대지 않기로 했었기 때문에 따지자면 내 탓도 아니었다. 귀찮기도 하고 길게 논쟁할 가치가 없는 일이어서 나는 옷 값을 그날 변상해 주었다. 이후에는 연락한 적이 없다.

시간이 지나고, 여교수회에서 이 이야기가 오갔다는 사실을 알았을 때에는 웃음이 났었다. 인간군상. 어디든 같겠지만 아, 이곳은 실망스러웠다. 나는 지금까지도 이 이야기를 누군가와 하거나 쓰거나 발설한 적이 없다. 하지만 상대가 이미 10년 전에 약속을 깨버린 후인데 신의를 지킬 필요는 없을 것이다. 한 번쯤 욕해주고 싶었다.

"저기요, 몇만 원 안 되던 세탁비 때문에 퇴거 후 해가 지나서야 내선 번호로 연락했던 집주인님, 그 집에 살았던 1년 사이, 오래된 보일러가 터져 고생하고, 땟물이 가득한 바닥이며 집안을 관리하느라 애꿎은 제가 고생했던 것 민망하시죠? 민감한 법원 우편물들도 잘 챙겨드렸고요, 해외에서 연구에 매진하시는 데 신경 쓰이실까 봐 국내에 있던 가족들에게도 미안해하며 연락했던 기억이 납니다. 사실 국내에 있던 가족들도 사소한 일로 저를 좀 귀찮게 하긴 했었지요, 그래도 괜찮았습니다. 그런 기억과 경험들이 쌓이면서 저도 어른이 되어가고 있었으니까요, 하하."

사실 안타까운 것은 이런 것이다. 지금까지 실제로 내가 지켜온 비밀이라는 것은 내가 그 집에 살았었다는 그 자체만이 아니다. 그때 내게 그 집에 살아주면 좋겠다고 적극적으로 이야기했던 그 교수는 종종 나의 안부를 물으면서, 그 집주인에 관한 사적인 내용들과 아주 정치적으로 민감한 이야기들을 해주고 정보를 묻고 했었다. 어쩌면 집주인은 연구년을 마치고 돌아온 후에, 내가 알던 그 교수와 사이가 틀어지게 되자 괜히 내게 트집 한번 잡아본 것이었는지도 모른다. 그러니까 결국 나는 고래들 사이에 낀 힘없는 새우였을 수도 있었다는 것을 돌아가는 그림들을 보며 나중에야 알았다.

세상에는 여러 일들, 이런 사람들이 있다. 그러나저러나 우주 저 끝에서 보면 "창백한 푸른 점", 그 안의 더 작은 80억 개의 점들일 뿐인데 뭘 이리들 푸닥푸닥 하며 뒤끝 말끔하지 않게들 사시는지.

사실, 나를 그 집에 소개했던 그 교수는 내가 그 집에 사는 동안, 그리고 대학원을 수료한 이후에도 오랫동안 전공 분야를 바꾸는 게 나을 거라고 성화였다. 계획이 불발된 후에는 마주쳐도 인사도 안 받았다는 옛날 꽃날 이야기는 덤으로 남겨본다.

송중기여,
영국 남자 되지 마오

[정우성], [송중기]와 같이 이제 그 이름과 존재 자체가 거의 고유명사가 된 연기 천재들(!)은 정말 타고나는 것이 아닐까, 오늘 아침 문득 그런 생각을 했었다.

[마당 뺑덕]처럼 정우성이 도저히 선택하지 않을 것 같은 영화에 그가 등장하거나, [더 킹] 같은 영화 포스터에서 정우성의 이름을 발견했을 때, 나는 종종 그를 '인정받지 못한 천재 연기자'들로 분류하고 싶었다. 외모에 묻힌 연기력들은 종종 대중성을 인정받지 못한 작품들에서 더욱 드러나는 것 같다. 천만명의 관객을 동원한 영화에 출연하지 않았어도 내가 정우성을 좋아하는 이유는 그의 외모 때문이 아니라 그의 연기력 때문이라고 극구 강조하며 나는 살아왔다. 아아, 배우가 될 운명을 타고나 버린 것을 어쩌겠는가. 한 번쯤은 먼발치에서라도 실물

을 보고 싶지만, 나의 생과 그의 생은 다른 세계이자 경계 너머의 운명들이라는 것을 알...겠다.

여기에 이제 송중기도 포함될 참이다. 송중기가 데뷔하거나 열연했던 주요작을 거의 보지 않았기 때문에 나는 사실 '이름만 팬'인 것이나 다름없지만, 최근의 두 작품 [빈센조]와 [재벌집 막내아들]은 이미 여러 번씩 보았다. 일명 '웰 메이드' 드라마들을 계속 만나니, 나의 눈은 정말 즐겁다.

어젯밤 나는 밀려 있는 많은 일들을 깡그리 무시해 버리고 TV 보기를 고수했더랬다. [재벌 집 막내아들]에서는 그의 연기력이 아니라, 시간의 물리적 거리라는 획기적인 이슈를 '참회'라는 감정적 결론으로 환원해 버린 작가의 아이디어에 나는 우선 감동했다. 나는 원작의 작가뿐 아니라 극본을 쓴 작가들도 사랑하고 싶어졌다. 물론, 드라마의 극본과 연출이 탄탄한 것이 상업적 성공의 팔 할쯤은 되겠지만, 여기에는 손끝 하나 눈빛 하나로도 대본 너머의 그림을 표현할 줄 아는 배우들의 존재가 필요하다. 아, 이건 또 캐스팅을 잘한 것이지 참.

우비 순트Ubi Sunt, 삶의 방향타를 잃고

감동이 사라지기도 전에, 영악하고 슬프게도 송중기는 오늘 자기 연인을 공개해 버렸다. 그의 용기에 박수를 보내지만, 또 한편으로는 송중기가 금세 영국으로 날아가 버릴까 걱정이다. 나는 왜 지금 나라를 잃은 것만 같은가.

송중기여, 그대는 아주 자유롭게 살아도 좋다. 작품을 보는 눈과, 카메라가 자기 모습을 어떻게 담아낼지를 다 알고 연기하는 천재력과, 그리고 삶의 중요한 순간들과 위기를 나름의 평정심으로 잘 버티어 내는 단호한 결연 의지를 나는 사랑하기 때문에 새로운 연애를 응원해 줄 수는 있다. 그러나 아직, 영국 남자가 되지는 말아 다오. 어차피 한국과 타국을 넘나들며 멋지게 살아가겠지만 그래도 국제결혼으로 너무 빨리 멀어지지 말기를, '빈센조 까사노'와 '윤현우'의 여운을 조금만 더 느끼도록, 아직은 나의 한국 남자로 조금만 더 있어 주길.

나는 이미 길 떠난 연인에게 의미 없는 투정을 부리고 있다. 어제 [재벌 집 막내아들] 재방송을 보면서 여섯 살 조카에게 했던 이야기, 송중기를 가리키며 '저 사람은 고모 남자친구야', 신현빈을 가리키며 '그리고 저기 저 이모는 사실 고모야' 했던 철없는 나의 사랑은 이제 민망한 허언으로 판명되고 말았다.

에잇, 내 손이 닿을 수 없는 머언 먼 곳으로 날아가 버리는 아름다운 한국 배우들이 나는 너무 미워서 '진달래꽃'은 뿌려 줄 수 없다.

그냥 철이나 들자.

집주인 안부가
궁금해질 때

　집주인들은 왜 하나같이 세입자에게 '까칠한 척'하는 것일까.
대한민국의 집주인들이여, 조금만 더 힘을 빼고 세입자를 대하
라. 내가 만난 많은(!) 집주인들은 평균적으로 덜 부드러웠고,
사무적이었다(대부분 계약서를 쓸 때 만나니 그 인상은 그럴 수밖에 없
었겠지^^;). 그 중 아직도 안부가 궁금한 분이 있다. 어떻게 지
내고 계실까, 가게는 잘 되고 있을까.

이상한 집주인이 있다

　내가 부동산에 들러 급하게 월세를 찾아야 했을 때, 중개인
은 '거래는 안 되겠지만 보여나 줄까'하는 투였다. 거의 포기하
다시피, 별 의지도 없이 내게 집을 보여주었다. 내가 그 자리에

서 계약을 쓰겠다고 하자 조금 놀란 듯했지만 한 번 더 의사를 묻고는 주인에게 전화를 넣었다. 주인은 10여 분 만에 달려왔던 것 같다.

처음에는 무척 꼼꼼하고 까칠해 보였던 집주인이었는데, 입주 후 한 달이 지난 후부터 나는 이 주인을 좋아했다. 등기부등본에야 저마다의 사정과 상황이 있을 테니 물을 필요는 없다고 생각하는 편인데, 팔고 사고 한 내역들이 조금 복잡해 보이기는 했다. 그리고 그 집은 내놓는 조건이 조금 특이하기도 했다. 월세는 주변보다 저렴했고 주인의 가전을 그대로 사용하는 일명 풀옵션 조건이었다. 조리도구 등 주인이 남긴 살림은 모두 사용해도 좋다고 했다. 부동산 중개사의 입장에서는 나중에 문제 될까 이런 조건을 귀찮아하셨던 것 같다. 직전에 계약하려던 사람이 망설이다 하지 않았다고 했지만, 원룸보다 훨씬 나은 조건을 마다할 필요는 없었다. 방 한 칸에 짐을 일부남겨두고 가신 것도 그렇고 깔끔하지 못해 보였던 계약 조건도 시간이 지나니 이해가 갈 만했다.

집주인은 58년생이었다. 내 부모님과 비슷한 연배였다. 이 아파트에 한동안 혼자 사신 듯했다. 가게도 하고 계셔서 낮과 밤이 바뀌다시피 하셨던 것 같은데 가게에도 살림집이 있어서 아파트가 거의 비어 있다고 했다. 누가 봐도 이해가 가는 상황이긴 했다. 가게에서 먹고 자고 하시니 집은 비어 있고 관리비는 계속 나가고⋯. 그렇다고 집 하나를 정리하시기는 좀 아쉬우셨던 것 같다. 나는 그 집주인의 상황을 그렇게 이해했다. 마침 나는 원룸보다는 조금 더 여유로운 공간을 원했고 살림이 거의 없었다. 엄청난 부를 갖고 계시진 않더라도 포근하고 안락한 집 하나를 갖고 계신 우리 시대의 어머니. 집은 관리가 잘되어 깔끔하기는 했지만, 냉장고며 세탁기가 오래된 것이었다. 자녀들은 아마도 이 어머니를 끔찍이 아끼겠지. 시골 할머니 같은 살림을 보며 그런 생각이 잠깐 들었던 것 같다.

집주인, 매번 답장을 해 주다

월세를 넣은 날이면 집주인에게서 문자가 왔다. "감사합니다." 처음에는 그러려니 했다. 다음 달에도 답장이 왔다. "감사합니다." 몇 달이 지난 후에도 이 문자가 계속되자, 나는 이 집주인의 숨결이 그대로 남겨져 있는 살림들을 보며, 참 따뜻한 분이라는 생각을 하게 되었다. 내가 그동안 살았던 집 주인들 중, 매번 월세를 넣을 때마다 이런 문자를 주는 사람은 없었다. 교양 있어 보이고 꽤 세련된 서울 오피스텔의 집주인도, 대기업 임원으로 은퇴했다던 학교 앞 원룸 집주인도, 그리고 최근까지 살았던 곳의 초등학교 교사라는 집주인도 그런 반응은 보이지 않았다. 오히려 '감사합니다'라는 말은 늘 내가 하고 있었던 것 같다. 아니, 편의점에서 물건을 사도 고객에게 '감사합니다'하고 주인이 인사를 하는데, 내가 만난 집주인들은 수십만 원의 월세를 밀리지도 않고 받으면서 왜, 딱, 그날 하루만이라도 '감사하다'는 마음을 보여주지 않았던 걸까.

매달 '감사합니다'라는 문자가 집주인에게서 계속 그렇게 오자, 나는 계약서를 쓰고 나면 보통은 '굳이' 만날 일이 없어지는 이전의 집주인들에게까지 마음이 열리는 듯했다. 지금까지 내가 만난 집주인들은 모두 친절하지 않았던 것 같다. 아무 일 아닌데도 서로 연락하는 일이 껄끄럽곤 했다. 보일러 수리나 교체라든가 하는 민감한 일이나 기간을 못 채우고 나가게 되었다는 등의 계약에 관한 사항이 아니면 서로 연락할 일이 없

우비 슌트Ubi Sunt, 삶의 방향타를 잃고

었으니까 말이다. 대학원에 다닐 때 학교 앞 원룸 주인은 내가 1년 기간 만료 후 재연장하지 않고 나가겠다고 하자, 거금 3만 원의 월세를 깎아주겠다고 제시한 적은 있기는 하다. 하긴 나 같이 조용하고 깨끗하게 산 세입자는 그 건물에 없었으니. 이 일 외에 집주인과 좋은 기분으로 연락한 기억은 없다. 회사 업무처럼, 비즈니스 마인드로 서로를 대했을 뿐이었다.

그래, 집주인도 친절할 수 있다

그러니까 이제 내가 알게 된 것은 집주인도 세입자에게 친절하고 따뜻할 수 있다는 사실이다. 굳이 까칠하게 갑과 을의 관계처럼 대할 필요가 있나. 나는 이 집주인을 통해서 '감사합니다'라는 말이 '갑'이 '을'에게 전하는 인사일 때 두 배 세 배 가치 있게 전달될 수 있다는 것을 다시 느끼게 되었다. 그렇다고 집주인과 나 사이에 다른 연락이 오간 일은 단 한 번도 없었다.

시간이 지나 계약이 종료되어 갈 때, 집주인은 내가 그곳에 더 살았으면 좋겠다고 했다. 가족이 많은 살림집보다 혼자 사는 직장인이 딱이라는 말이었겠지. 서로가 별로 신경 쓸 일이 없어서 부담이 없으셨던 모양이다. 그런데 그즈음 나는 다음 학기부터는 캠퍼스를 옮겨 강의하게 되었다. 편도 70킬로 정도의 거리는 마음먹으면 통근도 가능한 거리겠지만, 지방에서 하루 평균 왕복 140킬로미터는 꽤 멀게 느껴진다. 다른 지역으로 가야 한다는 미안한 상황을 알려드렸다. 집주인은 다른 세입자를 구하겠노라고 하셨고 그래도 혹시 모르니 아는 사람이나 동료 중에 살만한 사람이 있는지 알아봐 달라고 부탁하셨다.

나는 적극적으로 다음 세입자를 알아봐 주었고, 계약서를 쓰는 날 동석해 주었다. 집을 정리해 주고 나오는 길, 집주인은 내가 오래 살았으면 좋았을 것이라며 "나중에 연락 한 번 해요!"라고 말해 주었다. 보통 친구들 사이에서도 이 말은 기약 없는 인사 정도로 치부되지만, 나는 이 집주인의 말에 따뜻함을 느꼈다. 뒤돌아 가시는 모습을 한참이나 바라보았다.

내가 만난 열 사람의 집주인 중 이런 집주인이 있었다는 것이 다행이다. 집주인들은 한결같이 사무적이었고 까칠하고 모두 나쁘다고 두고두고 욕해 버릴 기회를 나는 이 집주인 때문에 날리고 말았지만 말이다. 잘 지내고 계실까, 가게는 잘 되시는지 모르겠다. 앞이 시원하게 뚫려있고 중학교 운동장이 보이던, 그때 그 집만큼 온기가 느껴진 집은 없었다.

시간의 물리적 거리:
지극히 편파적인 드라마 리뷰

'시간은 과연 어디에 존재하는가'에 대한 주제로 고리타분하거나 의미 없는 토론을 해 본 일이 있는 사람이라면, 화제가 된 드라마 [재벌 집 막내아들]의 그 엔딩 논란에 대해서도 어느 정도 평정심을 유지할 수 있을 것이다. 재벌 집 아들로 환생하여 17년을 살아 본 주인공 윤현우의 시간이, 알고 보니 병상에서 잠들어 있던 10여 일간의 꿈이었다는 것, 그것을 어떤 현대인들은 도저히 용서해 줄 수 없는 '아니면 말고' 식의 결말이라고 생각하는 듯하다.

영화 [인터스텔라]를 눈여겨 본 사람도 이것이 불가능하다고 결코 말할 수는 없을 것이다. 시간이 직선으로 존재하는 것이 아니라 곡선으로 존재할 수 있음을 보여준 그 '시간의 물리적 거리'에 대한 영화는 아주 과학적이고 미래적인 영화라는 찬사

우비 순트Ubi Sunt, 삶의 방향타를 잃고

를 받는다. 반면, 오히려 현실에서의 삶을 역사적 사실과 함께 유기적으로 연결해 가며 보여준 이 드라마는 모든 결론을 '꿈'으로 치환시켜 버렸다는 비난과 함께 작품성 자체도 용두사미로 낙인찍혀 버렸다. 내가 보기에는 오히려 [인터스텔라]가 [재벌 집 막내아들] 못지않게 감성적이며 감정적인(인간적인) 결말로 끝났다.

나는 과학자도 아니고 드라마작가도 아니라서 과학적으로 가능했다 불가능했다는 판단이나 드라마 구성상 틈이 있다거나 없다는 것조차 판단할 수 없는 비전문가이지만, 할리우드 영화의 결론이 시간의 뒤틀림인 것은 용서가 되고, 샤머니즘이나 단군 신화를 인정하는 우리네 동양적 사고방식만으로도 충분히 이해해 줄 만한 이 한국 드라마는 비과학적이라는 이중적 잣대에 대해서는 손을 들어줄 수가 없겠다.

왜냐하면 나는 우선 [재벌 집 막내아들]의 1편과 마지막 편의 유기적인 구성에는 문제없다는 입장이다. 주인공과 등장인물들의 열연과 한국이 거쳐온 현대사의 굵직한 장면들이 삽입되어 흥미를 준 사실에 대해 만족하고 있다. 솔직하게는 다음 학기 수업에서 인용할 만한 몇 가지 흥미로운 장면들을 획득했기에(!) 버릴 수가 없다.

　물리학에서 시간의 거리라는 것은 직접 측정이 어려워 '광년'이라는 단위를 만들어 쓴다. 상대적 거리인 셈이다. 20세기에는 우주에 직접 다녀온 사람들이 있고 많은 인공 위성이 궤도를 돌고 있지만 '광년'이라는 계산법은 여전하다. 우리에게 영화 [인터스텔라]가 충격이었던 것은 그 시간이라는 개념이 앞뒤 없이 뒤틀릴 수 있다는 점이었다. 그리고 그런 시간은 우리의 기억을 재배열하는 일이 가능해서 인간의 삶이 한 살 한 살 나이를 먹는 그 순서가 아니라, 태양계의 어느 지점에서 어떻게 살게 되느냐에 따라 아빠와 딸의 나이가 뒤틀릴 수도 있다는 미래의 사실을 인식하게 해 준 것이다. 나는 아직도 TV 채널을 돌리다가 [인터스텔라]가 방영되면 시선을 고정한다. 벌써 여러 번 본 영화이지만 다시 봐도 흥미롭다.

　그래서 이 편파적인 리뷰의 결론은 이렇다. 전 세계의 다른 청취자들보다 유독 한국인들이 [재벌 집 막내아들]에 대해 왈가왈부하는 것은 두 가지 이유에서다.

첫째는, 한국에서는 이런 드라마가 이미 있었다. 꿈도 꾸기 힘든 재벌과의 연애사가 알고 보니 하룻밤의 꿈이었다는 결론으로 오래오래 회자한 드라마가 이전에 이미 존재했기에 한국인들에게는 더 이상 획기적인 소재가 아니었다. 로맨스가 중심인 드라마였다면 10대들의 관심을 더 받을 수 있었겠지만, 이 드라마는 [이상한 변호사 우영우]나 [태양의 후예]처럼 10대들이 주로 시청할 만한 드라마는 아니었다. 그러니 '꿈'이라는 소재가 더 이상 낭만일 수만은 없었던 것이지.

두 번째는 시간의 거리라는 소재를 끝없는 '직선'으로만 인식하지 않아도 될 것이라는 사실을 우리가 이미 알고 있어서다. 시간과 인류의 미래에 대해 전혀 새로운 방식으로도 사고할 수 있다는 것이 [인터스텔라]라는 영화로 이미 전 세계에 소개되었다. 이전에도 SF영화들의 가장 큰 주제는 '시간'에 관한 것들이 많았기 때문에 같은 이야기라면 할리우드를 능가하는 플롯쯤 되어야 진짜 웰메이드 작품으로 전 세계인들의 주목을 받을 수 있을 것 아니겠는가. [별에서 온 그대]나 [도깨비]와 같은 드라마들도 결국 불가능한 소재를 상상하여 만든 소재라는 점은 같았기 때문에, 판타지 소설이나 드라마에 대한 학습도 된 상태이기도 하다. 그래서 한국인들은 이제 드라마의 소재와 완성도에 대한 기대와 수준이 꽤 높다.

시간의 순서나 흐름이 중요한 드라마에서 처음 볼 때 이해되지 않았던 장면들은 그 드라마를 다시 볼 때 이해가 되기도 한다. 이제 한국 드라마 한 편이 전 세계의 TV와 미디어 도구를 통해 재방송되면서 관련자들에게는 엄청난 부와 명예를 가져다줄 수도 있다는 것을 알기에, 내가 별로 좋아하지 않는 배우가 성공한 드라마 한 편으로 재벌이 될 수 있는 이 불공평한 현실은 배가 좀 아프지만, 어쩔 텐가, 이 불공평하고 냉정한 자본주의 세계에 내가 살고 있는 것을.

'미생'인 나는, 다음 학기에 토론할 만한 좋은 미디어, 아니 학생들이 좋아할 K-드라마 자료가 생겨서 좋다. 역사의 장면들을 보면서 한국의 역사와 한국인의 삶을 주제로 공부할 수 있을 것이라는 기대를 한껏 품고 있다! 한국어를 공부하는 외국인 학생들이나 유학생들은 하루에 14시간을 책상에 앉아 공부한다는 한국의 학생들 이야기가 정말인지 궁금해한다. 자신들이 한국어를 공부하든 한국에 와서 대학 생활을 하든 한국의 10대처럼은 공부하지 않아도 되니까 할 수 있는 질문일 것이다.

외국인이라서 얼마나 좋은가, 한국 영화와 드라마를 어디서든 볼 수 있는 조건에다 주목받는 한국작품들이 많아지니 말이다. 즐기면서 공부할 거리가 넘치니 얼마나 좋은가. 물론 문화를 배우려는 일은 생각보다 쉽지 않다. 또 아는지 모르는지를 검증하기 힘든 잠재적 노력의 한 부분일 뿐이지만 말이다.

아아, 시에라 네바다:
시인의 안부를 물으며

2023년 1월 1일, 이틀 후 발표할 자료를 급하게 준비하느라 열 시간을 내리 책상에 앉아 있었다. 어느새 새해 첫날 저녁이다. 떡국을 저녁으로 후다닥 해 먹고 다시 책상에 앉았는데 캘리포니아 지역의 날씨 소식이 인터넷 뉴스에 올라왔기에 잠깐 한눈을 팔았다.

캘리포니아 지역에 폭우와 폭설이 내렸다는 소식이란 말인가, 뉴스거리가 될 만도 하다. 샌프란시스코 주변은 물론 오클랜드까지 폭우라니, 포도와 딸기가 햇살 받아 익어가는 넓은 평원지역에 폭우라니, 비를 좋아하는 사람이면 영화 속 멋진 장면들을 죄다 생각하리라. 들판에 비가 내리는 광경, 로렌스의 소설을 영화로 만든 [채털리 부인의 사랑] 같은 영화가 아니더라도 시원한 폭우는 캘리포니아와 같이 건조한 지역에서는 기쁘게 맞을 만한 소식인데, 내용을 보니 비 오는 날의 수채화 같은 장면을 연상할 일이 아니었다.

캘리포니아 지역은 폭우가, 시에라 네바다 그 고산 지역에는 폭설이 내려 쌓였단다. 시에라 네바다, 요세미티 국립공원을 낀 그곳 고산 지대에 '아는 사람'이 살고 있다.

〈월든〉을 읽고 소로우를 좋아하게 된 이후 나는 평범한(!) 아메리칸에게는 별 관심을 보이지 않게 되었다. 세계 최대의 경제 대국에 살면서 적어도 보스턴 인근 호수에 오두막을 지어 보고, 삶의 오행에 대해 관찰할 줄 아는 아메리칸 정도는 되어야, 불복종을 실천한 소로 정도는 되어야, 아니 그를 넘어서는 삶의 기행 정도는 있는 아메리칸은 되어야 겨우 "아, 미국인인 가요?"하고 눈에 들어올 참이었다. 나는 그때까지도 내가 마치 소로우와 친구나 될 수나 있을 것처럼 삶에 대해 너무 진지했다. 이들을 만날 수 있어서 영문학 공부가 좋았다.

그러던 어느 날, 시에라 네바다에 사는 생태시인, 개리 스나이더를 알게 되었다. 우리 시대의 얼마 남지 않은 비범한 시인이자 사상가라는 그 개리 스나이더 말이다.

스나이더의 안부를 묻다

내가 강 선생님을 만난 것은 어쩌면 행운이었다. 선생님의 수업을 통해 개리 스나이더를 알게 되었고 국내 연구자로서는 후발주자이긴 했지만, 스나이더에 관한 공부를 해 보았다. 충분하지는 않았다. 환경운동가이자 시인인 개리 스나이더의 시와 작품을 읽어내는 것이 처음에는 어려웠고 관련된 이론도 재미없었다. 그래도 나는 그의 삶과 생명에 대한 애정과 실천 의지만 생각하면 존경심이 솟았다. 소로우도 그렇고 스나이더도 그렇고 인류사에 중요한 궤적을 남긴 이 두 인물의 생애는 알고 보면 전례 없는 흥미로운 이야기들로 가득하다.

개리 스나이더를 만나보고 싶었다. 퇴직한 지 오래되었지만, 종종 캘리포니아 대학이나 네바다 주립대학에 강연을 오기도 하므로 한동안 관련된 자료들도 뒤적여 보고 나도 한 번쯤 거기에 끼어 볼 방법은 없을까 궁리했었다. 스탠퍼드에서 진행되

우비 순트Ubi Sunt, 삶의 방향타를 잃고

었던 세미나도 있었나 본데 그 소식도 지금은 찾기 힘들다.

대학원생이었을 때 강 선생님과 학회에 가면, 2000년쯤 한국에 왔던 개리 스나이더를 실제로 만난 적이 있거나 캘리포니아주나 인디애나, 아이다호주나 네바다주에서 공부하거나 연구하고 돌아오신 전문 연구자들이 있었다. 나는 그때 햇병아리여서 그에 관한 토론이나 이야기에는 끼지도 못했다. 보통은 그날의 '업무 보조'나 '도우미 학생'으로 동원되어 등록 데스크를 지켰다. 내가 그즈음 만일 정말 미국의 학회에 가거나 스나이더를 만나볼 수 있었다 해도 당시로서는 언어의 장벽 앞에서, 아니, 그 아우라 앞에서 한마디도 못 해보고 돌아왔을 것이 뻔하다.

그런 열정이 어디서 나왔는지, 사실 어떻게든 한 번쯤 만나보고 싶은 마음에 스나이더가 나타날 것이라는 학회에 계획도 없이 지원해 보았고 이메일도 보내 보았다. 국내에서 개리 스나이더와 직접 연락이 닿을 만한 방법을 모르는 것은 아니지만, 그것은 자존심이 조금은 구겨질 만한 인맥이라서 그 길은 지금도 생각하지 않는다. 직접 시에라 네바다 산맥을 오르는 것만이 남은 선택이겠지.

국내 뉴스에서 시에라 네바다 산맥이 등장한 것을 본 적이 없다. 영화 〈흐르는 강물처럼〉에서 유유히 흐르던 그 강과 산맥의 느낌을 기억하는 사람이라면 그보다 훨씬 더 깊고 깊은, 요세미티보다 더 깊은 적막강산의 이미지를 떠올릴 수 있을 것이다. 나는 스나이더 할아버지가 살고 있는 그 산맥을 사진과 그림으로 여러번 보았다. 같은 사진을 계속 보고 있으니 어느 때에는 마치 내가 아는 장소 같은 착각이 든 적이 있다. 조감도를 많이 보면 이런 부작용이 있다. 꿈속에서 가 본 듯한 느낌도 들고 마치 내가 그곳을 날아본 새인 것만 같다.

나는 종종 스나이더의 안부와 안녕을 기원한다. 내가 조금 더 똑똑했거나 현명했다면 조금 더 빨리, 조금 더 깊이 그에 관해 공부했을 텐데. 취미로 읽고 보고 알고 있기에는 그의 삶은 그 자체로 '너무' 대단하다. 퓰리처상을 수상한 시인이고 존경받는 사상가이자 환경운동가가 21세기의 이 편리한 문명을 모두 뒤로 하고 해발 3,000미터 고산 지역에서 살아갈 수 있다는 것은 대단한 실천이 아닐 수 없다.

우비 순트Ubi Sunt, 삶의 방향타를 잃고

2015년, 어쩌면 나도 스나이더를 만날 수 있을 것 같다는 기대로 야심 차게 참석했던 학회에 그는 건강 문제로 오지 못했다. 아쉽기는 했지만, 그와 관련한 연결고리가 하나쯤 생겨서 (나에게는) 잊지 못할 추억이 되었다. 새해를 맞으며 다시 안부를 전하고 싶다. 잊지 말라고 오늘 그 뉴스가 내 눈에 띈 것인가! 폭설에 건강하신지, 직접 지으신 그 집과 도서관은 무너지지 않았을지. 먼먼 나라에서 누군가 시인의 안부를 묻고 건강을 기원하오니 (만날 때까지) 꼭 행복하게 지내 주시기를.

시에라 네바다, 시간과 공간 저 너머로 전해지지도 못할 안부 편지를 남긴다.

최악의 드라마가 되려는가:
[사랑의 이해]

한밤중 조용히 보기 좋았던 드라마 한 편이 어제 끝났다. 소리소문없이 조용히 시작하더니 마지막도 조용한 맺음. 차분해서 좋다. [사랑의 이해].

그런데 중반부의 충격적인 사건 이후부터는 내용이 어디로 가는지를 도통 모르겠더라. 처음에도 그랬고 중간 부분에는 더더욱 그랬고, 그리고 어제 결말을 보면서 나는 화가 났다. 어여쁜 유연석 님과 문가영 님의 사랑을 저리 오락가락 흐지부지하게 만들어 놓다니…. 콩닥한 로맨스를 기대했던 나는 결국 몇 주 내내 실망만 하고 있던 참이었다.

매주 본방 사수를 하고 있었는데 방송 시간도 한밤중인 데다가 거의 적막이 흐르다시피 하는 집에서 보기는 참 좋았다.

[브람스를 좋아하세요?]와 비슷할 것 같으면서 다른 것이, 이 드라마는 공간의 이동이 거의 없다. 주인공 두 사람이 산책하듯 걸었던 대학의 캠퍼스와 학교로 가는 언덕길, 두어 번 등장한 정동진역 앞을 제외하고는 죄다 사무실과 집에서의 대화와 이벤트로만 이야기를 전달하니 말이다.

이 드라마의 차분함은 어쩌면 그런 공간성에서 온 것이었는지도 모르겠다. 상대적으로 연기 연륜이 있다고 할 수는 없는 배우들이 여럿 등장했는데도 폐쇄적인 공간에서의 연기라서 큰 액션이나 리액션이 필요 없었다. 작은 움직임만으로도 사무실과 집을 채우고도 남았다. 사무실에서의 업무, 중간중간 나눌 수 있는 담소 수준의 대화들, 회사에서 일어날 법한 뜨뜻미지근한 로맨스의 지루한 흐름.

그런데도 나는 무기력에 빠져 있던 지난 한 달 동안 이 드라마를 보았다. 사실 지난 1월 한 달 내내, 이렇다 할 삶의 낙이 없었다. 새해는 정신없이 시작되었고 한 달 내내 몸도 마음도 너무 바빴다. 연휴까지 끼어 있었으니 한국인들이 느낄 만한 심리적 스트레스도 일주일 정도 가중되었고 계획은 여지없이 흐트러졌으며, 시간이 나면 잠만 잤다. 그러다가 수요일과 목요일 밤에는 만사를 제치고 [사랑의 이해]를 보았는데, 지금 생각하면 지난 한 달간 유일하게 휴식을 취했던 시간이 아니었나 싶은 요상한 결론도 내려본다.

   [사랑의 이해]라는 제목 자체가 주는 이중성은 없다. 그런데 답도 없다. 시작도 결론도 없는 진지한 제목의 로맨스 드라마. 두 주인공의 아름다운 재회와 분홍빛 진도를 기대했던 나의 소망을 무너뜨리고, 처음부터 끝까지 너무 진지해서 밉다. 누구의 속마음도 알 수 없는 전개. 어느 때는 주인공 하상수이기도 하고 안수영이기도 했다가 또 다음 회에서는 박미경과 소경필이 되니 이해가 갔다가 가지 않다가 했다. 갑자기 카페 주인이 되어 나타나 버린 안수영을 보고 있자니 '뭐지?' 싶고 안수영의 행보가 너무 낭만적으로 흘러간 것은 아닌가 싶었다. 차라리 마지막에도 만나지 말도록 하지. 가장 이해가 가지 않는 부분은 당연히 소경필과 안수영 사이의 사건인데, 또 돌아보면 그것 말고도 인물들의 관계와 관계 맺음은 이해되는 부분이 거의 없다.

그러나 우리는 안다. 왜 이 드라마가 공감할 수 있는 로맨스 드라마인지, 상수와 수영 두 사람에게 정동진과 모래성의 의미는 무엇인지를. 그리고 우리가 듣고 보고 알고 있다고 믿었던 것들은 사실 '사랑'이라는 가장 단순하고 변하지 않는 진리 앞에서는 모두 거짓일 수도 있다는 불변의 규칙을 말이다. 수영의 동생인 수혁의 죽음은 아버지를 미워하게 되는 계기가 되었지만, 알고 보니 그 원인이 아버지가 아니라 어머니의 불륜이었다는 사실을 알게 되면서 수영은 중요한 사실을 깨닫는다. 아버지가 보여준 삶의 방식이 진짜 사랑이라는 것을.

우리의 감각과 지각은 본능적으로 작동할 수도 있겠지만, 인간의 말과 행동은 어쩔 수 없이 정치적이라는 사실을 실감한다. 말 많고 탈 많은 직장생활에서 누군가의 말 때문에 행동 때문에, 자신의 진심을 미루고 망설였던 적이 있었던가? 일에 있어서는 근거 없는 '카더라' 소문도 상당한 영향력이 있겠지만, 사랑 앞에서는 시간 낭비일 뿐이다. 하고 싶은 대로 해 나가는 자유, 감정이 이끄는 대로 사랑할 자유, 그런 자유 앞에서 우리는 어떤 말에도 위축되지 않을 수 있을 것이다.

불필요한 소문과 정치성이 난무하던 은행이라는 감옥에서 벗어나고서야 시작된 사랑. 먼 길을 돌아, 상수와 수영 두 사람은 내일의 행복을 향해 한 걸음 한 걸음, 비탈을 오른다. 최악은 언제나 우리에게 최선의 가치를 생각해 보게 만든다. 모래성을 쌓는 일보다 더 중요한 것은 서로를 이해하는 일임을 찬찬히 보여주는 드라마. 자극적이기보다 폐쇄적인 한국의 직장과 사랑의 단면을 보여주는 드라마. 그래서 나는 이 드라마가 좋다. 기대했던 로맨스는 [재벌 집 막내아들]보다 훨씬 못해서 보는 재미가 덜했지만. 그래도 음악은 정말 다 좋더라.

사랑을 이해하기는 어렵다. 어렵지만, 방법은 있을 것이다. 서로를 위해 '선한 마음으로' 배려와 이해의 걸음을 내디디면 될 일이다. 새삼스러울 것 없이.

어떤 외출
- 동굴에서 나가다

오랜만에 외출(=서울 가는 일)을 했더랬다. 1박 2일이었다. 얼마 만에 장거리 기차를 타 보는 것인지 기억도 안 났다. 이 모임은 거의 5년 만에 참석하려는 길이었다. 2월은 벼락치기로 해야 하는 몇 개의 보고서가 산재해 있고 최근에는 또 '잡무'도 조금 맡게 되어서 마음이 바쁘긴 하다. 갈까 말까를 잠깐 고민했다. 시니어 멤버라서 이제 좀 사라져 줘도 될 군번이 아닌가 싶기도 했다가, 몇몇 보고 싶은 얼굴들이 있어 결국 강행하기로 했다.

부산하게 움직였지만, 눈앞에서 기차를 놓쳤다. 58분에 출발하는 기차를 타야 하는데 57분까지도 주차 자리가 없어 돌고 있었으니…. 뛸 필요도 없어 보였다. 주차 자리를 찾다가 몇 분을 허비했는지 모른다. 충분한 시간이라고 계산하고 출발했는데도 막상 역 앞에서 헤매고 촌각을 다투는 경험을 하다니. 짜증을 느끼기도 전에 우선 문제를 해결해야 한다는 생각부터 했던 것 같다. 나의 뇌는 내 '넋 나간' 영혼보다 훨씬 이성적이었다.

한 시간 이내에 출발하지 않으면 이번 외출은 안 하느니 못할 것이다. 우선 주차가 가능한 곳이 있나 머리를 굴리고는 역 근처 1분 거리에 있는 맥도날드 주차장으로 차를 몰았다. 가까운 공항의 비행기 좌석부터 검색해 보았다. 어제 보았을 때 예약이 가능한 자리가 없었다. 봄방학이 끼어 있는 2월이고 주말이면 으레 그럴 것이라고 짐작은 했다.

혹시나 해서 검색해 보니 온라인으로는 아슬아슬하게 한 좌석 예약이 가능했다. 무작정 가서 대기할까 잠깐 생각도 했지만, 요즘도 그렇게 하려나 호텔들도 오프라인 예약을 안 받는데, 아닐 수도 있지. 맥도날드 주차장에서 출발하기 전에 내가 오늘 모임에 나가는 것을 알고 있는 나 선생님께 간략하게 알려 두었다. 기차를 놓쳤노라고, 그래서 공항으로 가는 길이라고. 그러고는 바로 공항으로 출발했다.

우비 순트Ubi Sunt, 삶의 방향타를 잃고

공항에는 여유 있게 도착했다. 주말이면 공항은 항상 붐빈다. 하필 여기서도 문제는 주차장 자리 찾기였다. 두어 바퀴 돌아보다가 주차장 맨 끝 쪽에 있는 자리를 겨우 발견했다. 마음의 안도감. 기차를 놓쳤지만 어쩌면 서울에는 더 일찍 도착할 지도 모른다. 비행기를 탈 수 있다니, 나는 운도 좋다!

안도감에, 탑승장으로 들어가는 길에 나름의 여유도 부려 보았다. 지난번에 보아두었던 공항 내 기념품 샵 안의 와인 가게에 들렀다. 다음에 선물해 보아야겠다고 생각했던 와인이 다행히 남아 있었다. 긍정이와 오로시에게 전할 요량으로 와인도 구매했다. 룰루랄라.

아뿔싸. 그런데 결국 그 모임에 지각할 수밖에 없는 사건은 이후에 터졌다. 순조롭게 비행기에 탑승하고 이륙을 기다리던 나는 서울에 도착하면 가능한 한 빨리 모임 장소로 이동하리라, 속으로 나름의 전략을 세우고 있었다. 비행기 문이 닫혔고 승무원들이 이륙 준비를 마치려는 차였다. 갑자기 승무원 중 매니저와 뒤쪽에 있던 승무원 사이에 사인이 오고 가더니 이륙이 중단되었다.

승무원들은 부산하게 움직였고 시간은 초조하게 가고 있었다. 그 시각, 서울에서 만나기로 되어 있는 선생님은 집에서 출발했다는 문자를 보냈다. 예상대로라면 나는 하늘 위에 있어야 했지만, 아직 지상에 있는 관계로 그 문자를 확인할 수 있었다. 급한 대로 오타에는 신경도 안 쓰고 우선 답장부터 했다. 지금 이륙 못 하고 있어서 늦을 것 같다고.

결과적으로 내가 그날 탔던 비행기는 보안 문제로 이륙이 취소되었다가 다시 허가받느라 시간이 지체되었다. 이유는 탑승객 중 한 명이 비행기가 막 출발하려는 찰나 내리겠다고 '통보'했기 때문이다. '내려도 되느냐'고 양해를 구하는 것이 아니라, '내리겠다'라는 통보에 비행기에 탑승했던 100여 명이 넘는 사람들이 수십 분을 기다려야 했다. 국내선에서 이런 일은 거의 보지 못했다. 승무원들도 자주 있는 일은 아닌지 일사불란하게 움직인 편은 아니었다. 매뉴얼을 찾고 넘기고 하는 것 같았다. 관련 매뉴얼을 찾지 못했는지 예상치 못한 상황에 기내 방송은 한국말도 영어도 엉망이었다.

비행기에서 내린 사람이야 '나는 내리겠으니 보안이든 이륙

우비 순트Ubi Sunt, 삶의 방향타를 잃고

허가 문제든 알아서 하라' 식으로 생각하면 그만이었겠지만 승객들은 무슨 잘못인가. 한배에 탔다는 우연으로 인하여 이미 지상에서 분리(!)되어 버린 기내에서 모두가 숨죽이며 시간을 지체해야 했다. 급한 일이 있기야 했겠지만, 내리려는 과정에서도 예의가 없는 승객이기는 했다.

그렇게 시작된 1박 2일의 외출은 서울에서 친구를 만나고 그간의 이야기를 듣고 하면서 나름 괜찮은 시간으로 남긴 했지만, 매 순간이 좋았던 건 아니다. 보고 싶었던 두 안지언 선생님, 배학열 선생님을 못 만나 아쉬웠다. 반겨준 동료들이 고마웠다.

국내선에서 승객의 갑작스러운 '하기'(기장의 표현)로 인해 보안 절차와 이륙 허가가 두 번이나 있었다는 이벤트는 별것이 아니었는지 그날 뉴스에는 나오지 않은 것 같다.

주말을 그렇게 보내고 나니 어느새 월요일이다.

자, 동굴 밖 외출에서 돌아온 그대, 휴식을 취했는가. 그렇다면, 다시 전진이다.

잠자는 비행기!

　며칠 전 늦은 저녁 시각, 활주로로 이동하는 비행기에 탑승해 있을 때 활주로 한 편 어두컴컴한 곳에서 크고 뭉툭한 물체들이 듬성듬성 웅크린 채 가만히 있는 장면을 발견했다.

　이륙 준비를 하는 비행기들은 초록빛 안내등을 따라 날개 끝, 머리와 꼬리 위의 불빛을 반짝이며 한 대씩, 한 대씩 비상을 준비하고 있었는데, 공항 활주로 저 너머 불 꺼진 넓은 공터에는 몇 대의 비행기들이 모든 불을 끄고 어둠 속에 '주기'해 있는 것이었다.

　잠자는 비행기, 아하!

　자고 있구나, 비행기들! 고단한 일정 다 끝내고 모든 기계 소

　　　　　　　　우비 순트Ubi Sunt, 삶의 방향타를 잃고

음과 가끔은 머리 아픈 인간의 소리에서도 벗어나 휴식을 취하고 있는 비행기들이라니.

　장거리 여행을 하고 나면 지친다. 자동차 운전도 두 시간을 넘게 하면 슬슬 피곤해진다. 보통 고속버스 운전기사님도 두 시간마다 십오 분은 쉬고, 운전자가 쉬면 차에 타고 있던 사람들도 휴게소에 들른다.

　최첨단의 기계적 작동 방식이 총망라되어 있다는 비행기는 장거리의 경우 열 시간 넘게도 쉬지 않고 움직여야 한다. 언젠가 비행기 기장들은 이 큰 비행기를 열 시간 넘게 운전하려면 얼마나 힘들까 생각한 적 있었는데 비행기의 자동 항법 장치라는 것을 알면서 기장님들 걱정할 필요가 없다는 것을 알게 되었다. 이마저도 어른이 다 되어서 알았을 것이다. 나는 워낙 이런 쪽으로는 철이 없으니.

　사람은, 그래, 운전을 두어 시간 이상 하면 그렇게 피곤해지는데, 그렇다면 비행기는 어떤가. 자동차는 바닥을 땅에 딛고도 한두 시간 운행 후에 쉬고 때마다 엔진오일 등등으로 관리

받는데, 수십 년씩 발을 땅에 내리지도 못하고, 몸집에 비해 작기만 한 두 개의 바퀴로 수십 수백 명의 인간 몸무게에다 각종 장비에 짐까지 싣고도 쉼 없이 활주로를 타고 내리는 비행기들은 과연 괜찮을까, 저들은 쉴 수 있을까?

비행이 없는 시간이면 바퀴며 각종 시스템을 점검받아야 할 거고, 매 운항마다 모든 힘을 다해 전력 질주를 해서 이륙해서도 인간 생명들을 책임져야 하는 막중한 무게감에 스트레스도 엄청날 것 같은데…. 게다가 지금은 여행이든 출장이든 비행기를 이용하는 "인간"들이 정말 넘치게 많기도 한데, 쉴 틈이 있을까. 비행기는 과연 쉬거나 잘 수 있을까?

나에게 비행기는 항상, 외모는 동글동글 그러나 속은 강한 외유내강형의 귀여운 애착 물체다. 나는 철없이 생각한다. 비행기는 나를 어른으로 성장시킬 수 있고, 하늘로 날아오르게 하며, 멋진 꿈을 꾸게 하는, 우주 저 멀리 어린 왕자를 만날 수도 있게 해 줄 것만 같은 상상의 나래라고.

비행기의 실물을 가까운 곳에서 보면, 큰 덩치도 그렇거니와

각종 기계로만 가득한 조종실의 모습이 너무 삭막해 보여서 그런 낭만 있는 생각 따위 순간 사라지지만, 그래도 비행기는 우리에게는 만남과 헤어짐이라는 감정의 요동, 이상과 현실이라는 의식의 흐름, 지상과 하늘을 오가게 만드는 최고의 발명품이면서 꿈의 공간이 되어줄 때도 있다. 여행길을 맡는다는 측면에서는 설렘을 주기도 한다.

비행기는 언제, 어떻게, 과연 쉴 수는 있는지 궁금해하며 의식의 흐름 속을 '쓸데없이' 헤맨 적이 있었던 것 같은데, 이제부터는 비행기 걱정을 한시름 덜어도 되겠다! 어둠 속에서 한참 다음 비행을 위해 몸을 충전하고 있는 비행기들을 보니 안타깝던 마음이 조금은 가벼워졌다. 나는 그동안 왜 한 번도 이런 광경을 보지 못했나, 활주로를 벗어난 주차장 한쪽에서 조용히 자는 비행기들을 왜 오늘 나는 처음 발견한 것인가.

그날 내 몸은 비행기에 앉자마자 노곤해져 나는 이륙도 하기 전에 거의 잠이 들 듯 말 듯 했다. 꿈결이었나, 잠자는 비행기들을 발견하고 나서 왠지 모를 안도감에 긴장이 풀리는 듯했다. 머리를 창에 기댔다. 잠시 후 나의 비행기는 하늘을 향해 도움닫기를 시작했다.

P.S. 초등학생의 상상력 일기 같은 글을 읽고 멋진 코멘트를 주신 분이 있다.

"강신주 선생의 소개 글로 읽은 글입니다만, 인간도 동물도 마치 비행기의 계기판처럼 자기 감각, 시스템으로 세상을 파악한다는 마투라나를 생각케 하는 글이었습니다."(전병문)

분광학 입문

　언젠가부터 빛과 별과 우주의 세계가 궁금했던 나는 고등학교 2학년 때에는 무작정 우주 물리학자가 되고 싶다고 생각했었다. 무엇을, 어떻게 공부해야 할지도 모르는 채 왠지 우주 물리학자가 되면 빛과 별, 우주의 모든것을 알 수 있을 것만 같았다. 그게 아니라면 유전학을 전공하는 공학도가 되고 싶기도 했다. 학문과 학문 간의 거리가 지구에서 우주까지의 거리만큼 멀다는 것을 몰랐던 때 물리학이나 천문학이나 유전공학이나 다 비슷한 줄 알았다.

　공대생이 된 후에는 공업 수학이 너무 재미없어서 대부분 시간을 '딴짓'을 하며 보냈다. 교내 방송국원이 되었고 번역사 시험에도 도전했다. 공대생들이라면 가능한 한 벗어나지 않으려는 실험실 반경 저 너머에서 꽤 많은 시간을 보낸 셈이다. 당시

나는 같은 학부 친구들이 보았을 때는 공대에 어울리지 않게 인문학에 관심을 가진 동기였다. 사범대나 인문 상경 계열 전공이 대부분이었던 방송국 친구들이 보았을 때는 이질적인 전공을 하는 친구였다.

유기화학, 열역학 같은 교과목들은 흥미롭기는 했지만, 별에 관한 몽상에 빠져 있던 내가 공부하기에는 너무나 현실적인 내용들이 많았다. 억지로 학교 다니고 있었는데도 티가 덜 났는지, 2학년 때부터는 유기화학 실험 등의 화학실험 조교로 발탁되어 교수님의 수업을 도왔다. 이후에는 문화재 보존과학 분야와 실생활에 크게 활용될 수 있는 액정 연구에도 연구 보조로 참여했다. 동기들에게는 아웃사이더였던 내가 후배들에게는 전공 실험 조교 선배이자 잘 나가는 실험실의 연구보조원이었으니, 멀리서 보면 나름 모범 선배로 보였을 수도 있다.

수학과 물리학을 못 하는데 어떻게 우주 물리학자가 될 수 있겠나, 매 학기 따라가야 할 공부량도 많았다. 방송국원 활동과 전공 공부를 병행하기에는 너무 바쁘기도 했다. 둘 중 하나를 선택해야 해서 고학년이 되면서는 실험실에 상주하긴 했다.

대학원에 진학할 선배들이 실험실에서 거의 살다시피 하면서 공부하던 것과 달리, 나는 지도교수의 업무 보조와 연구 보조에 대부분 시간을 할애하고 있었다. 선배들의 열정을 나누어 받지는 못하고 생각은 자꾸자꾸 우주 멀리 어딘가에 가 있곤 했다.

그러던 중 4학년 1학기 선택과목에 분광학이 있었다. 우와! 그 이름도 낭만적인 [분광학 입문]. 마침 내가 존경하는 교수의 수업이었다. 동기들의 만류에도 불구하고 같은 실험실의 선배들과 수강했는데 재미있었다. 교수님은 화학 기반 학과이기도 하고 학생들이 대부분 분광학을 어려워해 매 학기 설강되지는 못했다고 했었다. 그런데 나에게는 너무 즐거운 과목이었다. 천문학을 하기 위해서는 꼭 알아야 한다는 분광학을 나는 왜 그때야 공부하게 된 것인지, 지금 생각하면 늦어도 너무 늦어버렸다. 그때는 이미 합성과 개발에 매진하는 화학자의 일보다는 과학자의 책임과 윤리에 대해 고민하게 되면서 실험에 흥미를 잃고 있던 때였다.

동기들보다 늦게 학부를 졸업한 후에는 전공과는 아주 먼 분야에서 직장생활을 시작했다. 신소재나 천연물화학이나 생체고분자와 같은 용어를 듣다가, 정치, 경제, 인물, 그리고 매일매일의 사건이 중심이었던 지상파 방송국에 가 보니, 스펙트럼의 맨 끝에서 반대쪽 맨 끝 정도의 거리만큼 이동해 있는 것같았다. 생소했다.

공대에서 보냈던 시간은 이미 기억에서도 지워진 지 오래다. 지금까지도 그 길로 돌아갈 시도는 못 해 보았다. 4년 동안 수강한 교과목과 공부한 내용을 다 잊었지만 그래도 유기화학과 분광학은 즐거웠던 공부의 기억으로 남아 있다.

얼마 전, 핀란드에서 박사후 연구원으로 있다가 돌아온 한 연구자가 자신의 연구에 관한 발표를 했는데 아주 흥미로웠다. 얼굴을 아는 사이이기도 했고 그간의 안부도 궁금해서 그 자리에 참석했다. 마침 그 친구의 발표 내용은 분광학과 관련한 주제였다. 분광학. 대학 4년간 공부했던 것 중 내가 가장 사랑한 분야가 아닌가.

내가 입문만 하고 돌아서 나와 버린 그 자리에서 십여 년을

　우비 순트Ubi Sunt, 삶의 방향타를 잃고

꾸준히 공부하고 연구한 이 물리학도는 자기 연구의 성과와 의의를 아주 자신 있고 애정 있게 들려주었다. 그렇지, 저런 사람이 물리학자가 될 수 있지!

물리학자를 안다는 사실 만으로도 이상하게 뿌듯하고 기분 좋았다. 가 보지 못한 길에 대한 아쉬움 때문이 아니라, '사람들이 덜 가는 길'을 묵묵히 걷고 성과를 얻고 연구의 기쁨을 느끼는 사람들이 있다는 것에 고마운 마음이 들었다. 인류는 이렇게 누군가의 한 걸음, 한 걸음을 통해 여기까지 온 것이겠지.

발표자가 아주 쉽게 설명해 준 덕도 있지만 그가 말하는 내용들을 조금은 알아들을 수 있어서 다행이었다. 따지고 들어가면 나는 입문(했던)자 정도이고 그 친구는 전문가라서 여기서도 결국은 지구와 우주 저 끝, 땅과 하늘만큼 큰 차이가 있기는 하지만 말이다.

우리가 서로를 알게 되었을 때 나는 이미 인문학도였기에 그는 나를 아주 멀게 느꼈을 것이다. 상대적으로 나는 그를 아주 가깝게, 호의적으로 느꼈었다. 그의 인간적인 매력 외에도 아마 공학에 대해 느끼는 개인적인 심리적 거리가 가깝게 작동해서였을 것이다. 발표 내내 아주 훈훈한 마음으로 열광했다는 것을 윤훈한 박사는 알았으려나!

오늘 밤에는 별이 겨울바람에 스치면 좋겠다.

이런, 비가 오는군.

격려의 힘

빚거나 굽는 일

말할까 말까 망설여지는 내용은 말하지 말아야 한다는 진리를 알지만, 그래도 소려님께 편지로 씁니다. 그리고 이것은 무명의 저를 격려해 주시는 관심 작가님들에게 쓰는 편지이기도 합니다. 거의 2주간 서랍에 넣어두었다가 꺼내 둡니다.

하나

이곳 [브런치스토리]에서 읽기도 쓰기도 모두 쉬고, 마치 요양이라도 하듯 멀리 저 멀리 [브런치스토리]가 없는 세상에 살다가 돌아와 보니, 그동안 몇 안 되던 [브런치스토리]의 친구 작가님들이 브런치북 수상 작가가 되기도 하셨고, 어떤 작가는 그간 차곡차곡 수백 편의 글을 창작하서서, 해봐야 겨우 몇십 편 안 되는 일기밖에 없던 저와 비교해 보니 이미 꽤 멀어져 계시기도 했습니다. 글의 양적인 면과 질적인 면 모두에서요. 즐거운 충격이었지요.

　지금 이 공간 안에는 제가 좋아하는 친구 하나가 있기는 합니다. 그 친구는 [브런치스토리] 작가로는 활발하게 활동하지는 않고 있어서 결국 저는 아는 사람이 아무도 없는 셈이지만요. 나머지는 모두 온라인 세상에서 만난 작가님들입니다. 댓글을 주신 분들은 그중에서도 아주 적고 거의 없으니, 또 아무도 없는 셈이고요. 하하. 그래서 '작가'라고 하기에도 민망한데, 규칙적인 글쓰기도 못해 온 저에게도 고마운 분들이 조금 있네요. 참 고마운 격려입니다.

　11월 어느 날, 1교시 수업을 끝내고서 잠시 쉬고 있는데 갑자기 이야기 한 꼭지를 쓰고 싶어졌어요. 급한 대로 휴대 전화로 꾹꾹 적어서 [브런치스토리]에 아무렇게나 구겨 넣어두고는 오후 수업까지 마쳤습니다. 그날 그 무렵, 소려님을 만난 것 같아요. 그러니까 한두 달 여쯤 전이죠.

저는 소려님을 보고 한눈에 '시인'이거나 '작가'일 것으로 생각하고, 소려님의 공간에 가 보았습니다. 평일 오후에 이동도 하고 일도 늦게 끝나고 또 밀린 잡일들을 막 하다 보면 읽는 일에 집중하지 못하는 편입니다. 소려님에 대한 정보는 솔직히 한 번에 집중하지 못하고 띄엄띄엄 파악하게 되었습니다. 작가님이 하시는 일 중 마음에 드는 일은 단연, '빚는 작업', 그것부터였지요. 저는 도자기를 굽거나 만드는 분들을 언제나 동경해 왔거든요. (저도 사실 소려님에게 관심이 많습니다.^^; 언젠가 신호대기 중일 때 글 한 꼭지 읽다가 정신이 팔려 뒤차가 경적을 울린 일도 있고.... 사실 아직도 소려님의 매거진과 글들을 찬찬히, 다 읽지도 못했다는 해명을 우선, 이렇게 드려 봅니다.)

두울

[브런치스토리]가 대세인지 꽤 많은 작가의 글에는 최근 직접적인 자기 홍보나, 새벽 기상이나 글쓰기 미션 같은 이야기들이 보입니다. 투자자나 크리에이터 등 특정 분야의 홍보가 목적인 분들도 활동하고 있는 것 같고요. 그런데 가만히 보면 그

우비 순트Ubi Sunt, 삶의 방향타를 잃고

런 분들조차 사실 자신의 어떤 목표를 위해 글쓰기를 꾸준히 하는 것이고, 자신의 분야에서 최선을 다하고 있는 셈이라서 저는 좋아 보이기도 했습니다. 모든 [브런치스토리]의 글들, 매거진들, 브런치북들이 정말 좁은 의미에서의 '작가'로 순수한 글쓰기, 인문학적인 글쓰기만 지향할 수는 없으니까요. 문제는, 그럼에도 불구하고 저의 공간은 아직 '나는 누구인가', '어른이 되어도 나는 왜 상처받는가' 등과 관련된 고리타분하고, 3.5 차원적이며, 재미는 더더욱 없는 밋밋한 글쓰기로 채워지고 있고요, 딱 그 정도에서 저도 연명해 나가고 있습니다. 하하.

세엣, 고백하는 이야기

사실 하고 싶은 이야기는 이것이었던 것 같아요.

저는 브런치스토리를 이미 탈퇴해 본 적이 있습니다. 특별한 인생을 살아온 것은 아니라서 쓸 만한 것이라고는 내 돈 들이지 않고 해 봤던 여행들, 그리고 여행에서 만난 나의 아름다운 인연들에 관한 이야기일 뿐이라고 생각하던 때였는데, 용기를 내어 매거진에 몇 꼭지를 써 내려가던 무렵 무서운 댓글 테러를 당한 적이 있습니다. 아마 몇 년 전 'NO JAPAN' 구호가 휘날릴(!) 때였던 것 같아요. 저는 그때 한국에 없었는데, 제가 있던 곳에는 한국인들마저 거의 살지 않았습니다. 한인 마트나 한국 음식이라도 사려면 차로 한 시간 남짓 가야 했던 곳이었는데 저는 차도 없었지요.

마침 친구들도 그렇고 하던 차에 일기라도 쓰자고, 대학 3학년 때 처음 오사카로 갔던 여행 이야기부터 적자고, 야심 차게 [브런치스토리]를 시작했었답니다. 브런치북 하나 만들 정도의 글이 쌓였을 때 이상한 댓글들이 달리기 시작했지요. "이 시국에 일본에 왜 갔느냐"부터 시작해서 "당신 같은 사람이 있으니…"와 같은 상상할 수 없는 언어폭력, 갑자기 이 무슨 일인가 싶었고 충격이었습니다. 타국에서 그 옛날 꽃날의 이야기를 열심히 기억해 가며 쓴 것이 잘못이라면 사과했겠지만, 알지도 못하는 분들이 저를 공격하는 일은 생각보다 충격적이었습니다. 어떻게든 해명해 보려던 저의 답글은 아무런 의미도 가치도 없었습니다.

며칠 사이 여러 차례 그런 경험을 하고 나니 [브런치스토리]

우비 순트Ubi Sunt, 삶의 방향타를 잃고

에 대한 신뢰가 떨어진 것은 물론이고 글을 쓰고 싶은 마음이 다 달아났습니다. 우울하고 외롭던 마음이 더 커졌습니다. 제 짐작으로는 그때 한국에서는 일본에 대한 반감이 꽤 컸나 봐요, 저는 알지도 못했는데 눈뜬 채 기습 공격을 당한 느낌이었습니다. 문제는 그런 댓글의 수준도 그렇지만 사실 그렇게 글을 달았던 사람들이 제 이야기를 다 읽은 것도 아니었으니 그런 반응에 신경 안 써도 될 일이었지만, [브런치스토리]는 나름 선별해서 작가를 선정하는 것처럼 보여서(신청할 때 자기의 글에 대한 정보가 필요하니까요) [브런치스토리]를 유지하는 일에 회의가 들었다는 것이었습니다. 고민 끝에 탈퇴해 버리니 공격받지 않아 처음엔 좋았습니다.

그런데, 우리가 [블로그]나 [브런치스토리] 등에서 해 보려는 일이 그렇잖아요. 타인의 관심과 주목을 받고 싶어서이거나 나를 홍보하는 일도 목적이 될 수도 있겠지만, 대부분 자기 자신이 정한 기록 미션을 수행하면서 자기 자신을 돌아보기도 하잖아요. 또 나와 남은 무엇이 같고 어떻게 다른 지도 진지하게 들여다볼 수도 있는 그런 기능도 있잖아요. 아, 그리고 정말 시인이거나 소설가인 분들도 많고요. 또 제가 느낀 것처럼, 글 쓰는 사람이 여기 이렇게 많구나, 글 잘 쓰는 사람들이 이렇게 많았구나 알게 되기도 하고요. 혼자서는 하루하루 쌓지 못하는 기록 일기를 제한된 소수 또는 다수에게 공개하는 일이라 어느 정도 의무감도 얹어주고요. 저는 그랬던 것 같습니다.

그때 [브런치스토리]에서 탈퇴하고도 혼자서 일기를 차곡차곡 써 모을 수 있을 줄 알았는데 꼭 그렇지만은 않았어요. 한글 포맷에 글을 쓰는 일과 마음이 조금 달라졌던 것 같아요. 하루, 한 달, 그리고 3년여의 시간이 무의미하기만 했습니다. 그래서 다시 [브런치스토리]를 시작하게 됩니다. 마치, 학생들이 자기 방 책상에서는 공부가 안 되니 어느 정도 환경이 도와주는 독서실이나 스터디룸, 스터디 카페를 찾아 앉는 것처럼요. 어느 정도의 의무감도 있어야 하고, 같은 일을 하는 동료들이 있어야 진도가 나가는 환경이 필요했던 것 같아요. 이후에도 여차한 사정들로 멈추고 또 가고 멈추고 또 가고 하는 일을 반복해 오고 있는 것 같습니다. 그래서 저로서는 꾸준함의 마력을 보여주고 계신 분들이 참 멋집니다.

그동안 실패했던 일이 참 많은데, 생각해 보니 어떤 일들은 제 인내심이 부족하고 꾸준히 하지 못해서 문제였던 것 같습니다. 우선순위에서 항상 밀려났던 피아노 배우기나 [브런치스토리에 매일 글쓰기와 같은 것들도 여기에 들어갈 것 같아요. 제가 게으르다는 것, 그것 외에 무슨 변명이 가능할까요? 그래서 '시간을 빚는 일', '도자기를 굽는 일'의 의미는 되새길 만한 모토인 것 같습니다. 제가 제대로 해 내지 못했던 일이 바로, 하기 싫어도 해 보고 하루하루 더 빚어보고 구워보는 일, 그것 아니었을까요?

자전거도 한 번 배운 적 있지만 지금은 꽤 오래 세워두고만 있고요, 피아노도 바이엘 수준에서 벗어나지 못하고 있는데도 꿈은 큽니다. 처음엔 무서웠지만 한 번 더 동네 한 바퀴를 돌아보았다면, 악보 읽기가 점점 어려워졌지만 피하지 않고 한 번만 더 참고 10분씩만 매일 연습해 보았다면, 그랬다면 지금 저는 자전거 두 손을 놓고도 시원한 바람을 맞으며 달릴 수 있을 것이고(중학생들이 이렇게 자전거를 타는 모습이 왜 그렇게 멋진지... ^^;), 조지 윈스턴의 캐논 정도는 리듬 변주까지 해 가며 칠 수도 있었겠지요. 하루아침에 되는 일이 아닌데 한 걸음 한 걸음의 마력을 믿지 않았던 것 같습니다. 시간의 힘을 믿고 작은 습관 하나 천천히 만들어 가는 일, 그것도 중요한 삶의 일부라는 것을 미처 몰랐습니다.

소려님을 만난 것은 적지 않은 의미입니다. 저는 참 늦게 깨달았지만 사실 시를 안다는 것, 시를 공부한다는 것, 그리고 시인을 안다는 것은 참 귀한 인연이라는 것을 알거든요. 소려님의 이야기 어느 꼭지에 댓글을 달까 생각해 봤는데, 하고 싶은 이야기가 이렇게 먼 산 보기 마냥 주제가 없으니, 댓글을 달만한 곳이 없었어요. 부끄럽고 또 허락받지 않은 일이지만 편지로 대신해 봅니다. 저는 괜찮으니, 언제든 '삭제하시오.'라고 마음을 전해주시면 바로 지우…도록 노력해 보겠습니다! (글만 지우고 마음은 지우지 않고요^^)

상처받았던 마음을 치유할 수 있도록 해 주셔서 감사드립니다. 돌아오길 잘했다는 생각이 들었습니다. 저도 도자기 빚으러 가 보고 싶어집니다. 연말 잘 보내시고 새해 건강하게 맞으세요!

관제엽서
– 안부를 묻는 친구

　한두 달 전, 관제엽서를 받았다. 고지서 외에 편지를 받아 본 것도 참 오랜만이었지만, 사실 관제엽서를 받아 본 것은 거의 처음이었다. 규격 엽서 크기에 우표를 따로 붙이지 않아도 되는 그런 엽서였는데 이것을 마지막으로 보았던 게 언제였나, 있었나? 사실 기억이 없다. 어디에서 사는 것인지도 몰랐다.

　내가 좋아하는 친구 나로가 보낸 것이었다. 첫날 그 엽서가 배달될 때는 다른 등기 물건이 있어서 배달하시는 분을 만날 수 있었다. 그분은 '요새 이런 편지 쓰는 분이 있네요.' 하면서 웃어 주셨다. 예상하지 못한 손 편지에 나도 은근히 기분이 좋았다. 엽서였기 때문에 배달하시는 분도 내용을 다 볼 수 있다는 사실이 잠깐 신경 쓰였지만, 엽서의 특징은 그런 은근한 묘미 아니겠는가. 별 내용도 없었다! 펜글씨로 그림 몇 개 숭숭,

몇 문장 끄적거린 듯한 글귀가 전부였으니까.

이후에도 나로는 엽서를 몇 개 더 보내 두었다. 그런데 그사이 나는 우편함을 거의 확인하지 못하고 있었다. 우편물도 거의 없었고 택배는 문 앞으로 배달되니 우편함을 열어볼 일이 많지 않았다. 몇 걸음 돌아 우편함을 확인하면 되는데 사실 귀찮아서 그럴 생각도 안 하고 몇 달을 살았던 것 같다. 어느 날 우편함을 열었더니 엽서 십여 장이 우수수 바닥으로 떨어졌다.

나는 가끔 카카오톡에서도 휴대 전화에서도 사라져 버리고 싶을 때가 있다. 너무 바쁠 때 그런 것 같기도 하고, 혼자 감당하기 힘들거나 물리적으로 거의 불가능하게 일이 많을 때도 그랬던 것 같다. 보통 우리는 일이 많을 때 할지 말지 선택할 수 있는 일들을 따져 일을 미루지 않던가.

가령 지금의 나라면 그럴 때 우선 미루는 일이 인간관계 같은 것들이 된다. 하지만 직장에서 마감해야 할 일이 있다면 저녁 약속을 미루거나 접고 그 일부터 마무리해야 하는 것이 적

정한 순서일 것이다. 최근 시작한 드라마 〈사랑의 이해〉에서
도 등장하듯이, 한국식 직장 생활에서는 야근해야 하는 상황
과 개인적인 약속 사이의 우선순위는 언제나 업무여야 한다(!).
9월부터 시작한 2학기는 초반부터 일이 꼬인 것이 시간표도 그
랬고, 통근 시간을 제외하고는 거의 여유시간이 없는 요상한
일정이 되고 말았다. 지난 몇 달간 정말 바빴다. (내 욕심 때문이
었지만)

　일에 치이고 너무너무 바쁘면 쉬고 싶은 마음이 굴뚝 연기처
럼 스멀거리고, 어서 일탈해 버리고 싶은 마음은 왜 그리 커지
는지, 나는 이런 마음이 들까 봐 한동안 관계에서 '잠적'해 버
렸다. 아니지, 급한 일이 아니면 사적인 통화는 거의 못 하는
상황이긴 했다. 이번 학기는 연구실을 다른 선생님과 같이 사
용해서 쉬는 시간이라고 하더라도 전화로 개인적인 일을 처리
하는 것이 조심스러웠다.

　월, 화, 수, 목 수업이 끝나고 나면 이미 오후 느지막한 시간
이라 바삐 이동해야 하기도 했고⋯. 그래서 지난 몇 달간, 시계
추보다 더 쳇바퀴 돌듯 담담하고 차분하고 외롭고 그러나 바

쁘게 시간을 보낸 것 같다. 그래서 웬만한 연락은 전화보다 문자가 편했다, 나중에 확인하고 답장해 주면 되니까 말이다.

이런 말도 안 되는 말을 해명이라고. 무심하고 무책임한 잠적이 민망하게도 결국 나는 나로가 보냈던 그 엽서들을 한 번에 찬찬히 읽으면서 잠시 여유를 찾게 되었다. 올해 초였던가, 잠깐 이야기 나눈 적이 있었던 드라마 〈나의 해방일지〉를 본 단상이라든지, 펜으로 죽죽 그림인지 낙서인지를 그려놓고는 코멘트 하나 달고, 하고 싶었던 이야기 한두 줄 적어두고는 그다음 엽서에는 '내가 실수한 것 같다.'라고 해 두고…. 즐겁기도 했고 웃음도 났다.

엽서를 읽으며 기분이 좋아졌다. 그러고 보니, 11월 첫째 주, 나로가 보낸 문자 연락에 내가 답장하지 않았었다는 것이 생각났다. 나는 그렇게 무심하고 '나쁜' 인간이었다.

개인주의자는 아니지만 나는 그동안 너무 많은 관계에 지치고 있기도 했다. 코드가 잘 맞고 서로의 일상과 생각을 방해하지 않는다면 좋은 관계로 친구로 남을 수도 있겠지만, 그것도

우비 순트Ubi Sunt, 삶의 방향타를 잃고

어느 정도 시간이 지나면 아무것도 아닌 관계가 될 수 있다는 것을 경험한 적이 있다. 그 후 나는 관계에 대한 긴장을 풀어 버렸다.

특별한 일이 없으면 사람들을 방해하지 않는 편이다. 가끔은 가벼운 것이 오히려 부담 없는 것이라는 걸 이제 알기 때문이기도 하다. 나로 같은 친구 하나 만나는 것이 수십 수백 명의 피상적인 얼굴과 마주하는 것보다 백 배쯤 낫다는 것을 나도 나중에야 알았다.

우울증이라고 판정받은 적은 없지만, 아마 어쩌면 나는 '적당히 우울하고 고독한 아웃사이더형 특이한 한국인'으로 판정받을지도 모른다. 관계의 끈을 놓아 버리는 것은 사실 주변의 다른 친구들을 통해서 보니, 쉽지 않은 일인가 보다. 몇 달 전 10여 년 넘게 공무원으로 일한 친구가 이직하면서 전화번호 바뀐 것을 모두에게 일일이 연락해 주던 것이 기억난다. 그렇게 하지 않아도 어느 한쪽이 의지가 있다면 다시 연락이 닿을 텐데 싶었다. 주변에 사람이 없는 것, 연락이 끊긴다고 생각하는 것이 불안하다고 했던 것 같다.

어느 순간 깨달았다. 그동안 친구는, 나의 안부를 이렇게 묻고 있었다는 것을. 무엇엔가 홀려 바쁘게 움직이고 있을 테니 요란하게 방해는 하지 않으면서도 엽서로 나의 생사 여부를 묻고 있었던 것이다. 고맙고 사랑스럽다.

정신을 차려보니 어제 내린 눈이 소복이 쌓여 있다. 오늘은 내가 먼저 친구의 안부가 궁금해졌다. 그리고 미안해졌다. 나도 엽서를 써서 보내 주고 싶어 관제엽서를 찾아보았지만, 이제 판매는 안 하는 것 같다. 아마 이 무심한 인간이 소중한 친구에게 아날로그식으로 답변할 타이밍은 이미 끝난 모양이다. 벌 받은 것이지.

책갈피와 머그잔

2018년 3월 5일을 전후하여 받은 선물 중에 머그잔과 책갈피가 있다. 이 작은 기념품들은 지난 5년간 내가 가장 좋아하는 컬렉션이었다! 지금부터 종종 기록하려는 이 친구에 관한 이야기는 친구가 홍콩에 다녀오면서 전해준 이 선물과 크리스마스를 '핑계로' 시작될 것이다. 나는 2017년 이후, 크리스마스 이브가 되면 긍정이가 생각난다.

그날, 다정한 편지와 함께 이 선물들을 받은 나는 웃기게도, 그 이후 아직 긍정이를 만나지 못했다. 이런, 벌써 여러 해 얼굴을 보지 못했구나. 지금 어디서 어떻게 지내고 있는지는 알고 있으니 괜찮다. 살가운 인사는 또 다음으로 미루고, 쿨하고 진중한 친구인 척 허세를 부려 보자. (보고 싶은 친구에게는 바로 연락해야 하는 것을 알면서도^^;)

시작: 2018년 3월 5일

긍정이를 알게 된 것은 지금도 행운이라고 생각한다. 2013년에 우리가 처음 알게 되었으니 2018년을 기준으로 하면, 2022년 오늘을 기준으로 하더라도 딱 반반이 되던 시기이다. 신기하다. 알게 된 지 10여 년 만에, 5년 전의 이야기를 시작으로 삼게 된 이 타이밍, 흥미롭다고 해 두자. 늘 모임에서만 보다가 이후 친구를 따로 만난 일이 딱 한 번 있었는데, 그때가 2017년 크리스마스 즈음이다. 5년 전 딱 오늘….

2018년 2월 마지막 주, 나는 급하게 서울의 숙소를 정리하고 이후 1년여간은 지방에서 서울까지 통근하기로 해 버렸다. 이후부터 약 1년여간 일주일에 최소 두 번씩, 하루 평균 약 1,000킬로미터를 이동하게 되었고 그 시간을 어떻게 버텼는지 지금 생각하면 신기하기만 하다. 당시 숙소는 안암동과 용두동 사이에 있었고 계약기간은 조금 더 남아 있었다. 학생들이 살기에 좋은 위치에 부모님들이 좋아할 안정적인(!) 층수였고, 또 마침 새 학기가 시작되기 직전이어서 내놓자마자 방이 나갔다. 부동산 중개인은 지방에서 서울로 올라오게 된 학생이 있

　　　　　우비 순트Ubi Sunt, 삶의 방향타를 잃고

어서 계약하기로 했노라고 연락해 왔다. 갓 스무 살인 지방의 인재에게 거의 사용도 하지 않은 몇 가지 살림을 선물로 주고 집을 넘겨주었다. 예상보다 빨리 서울 숙소가 정리되어 나는 개학 직전 일주일간 그나마 마음 편하게 다음 학기를 준비할 수 있었다.

  긍정이가 연락을 한 것은 바로 그다음 주였다. 내가 서울 생활을 정리하고 있던 그즈음 긍정이는 홍콩 여행을 다녀올 예정이라고 했었는데 내가 장난삼아 그리고 반은 진심으로 부탁했던 홍콩 머그잔을 사 왔단다. 긍정이의 동생이 당시 근처에 살고 있었는데 마침 거기 들렀다며 내 집(그러니까 지난주 내가 정리한 그 숙소) 근처라고 연락을 해 왔다. 하필 그날 나는 지방에 있었다. 집 근처까지 온 긍정이를 그냥 돌려보내지는 못했고 마음은 정말 순간이동이라도 해서 만나고 싶었지만, 불가능했다. 긍정이는 가져온 선물을 집 앞에 두고 갔고, 나는 관리자에게 부탁해 다행히 그 귀한 선물을 전해 받을 수 있었다.

  그렇게, 애틋하게 내게 전해진 선물을 뜯어본 나는 미안한 마음에 연락도 제대로 해 주지 못했다. 정성스럽게 쓴 편지와 비행기를 타고 긍정이와 함께 건너온 〈홍콩 머그잔〉. 감동이었다. 동네 친구도 아닌 나를 위해 전해준 그 마음과 우정이 정말 고마웠고 행복했다. 긍정이가 전해준 머그잔과 책갈피는 이후 나의 컬렉션에 잘 "계신다." 이후 몇 번 이사했지만, 그때마다 나는 내게 행운을 가져다줄지도 모르는 저 작은 마음들을 함께 "데리고" 다녔다. 그리고 오늘 이 순간, 한 달쯤 전에 이사한 이 집에도 머그잔과 책갈피의 행운이 가득하기를 기도하며 늦은 짐 정리를 해 보는 참이다.

바쁜 서울 생활을, 특유의 밝고 건강한 성격으로, 잘 지내고 있을 친구의 건강과 행복도 기원한다. 긍정이 보고 싶다, 파이팅.

우비 순트Ubi Sunt, 삶의 방향타를 잃고

어른의 격려들

나는 비전업 작가인 데다 [왓슨빌: 별이 보이는 곳]은 마케팅
을 한 도서가 아니었다. 흔한 서평 이벤트도 하지 않은 이 무
명작가의 비주류 분야의 도서는 정말 "어쩌다 출판"되었다. 내
성적인 성향 탓에 주변 지인 두엇에게 책이 나온 뒤에야 알릴
정도였다.

책은 당연히 그 두 명의 친구가 알음알음으로 소개했을 것
이 뻔한데 인터넷에 올라온 몇 개의 리뷰들이 힘이 되었다. 모
든 리뷰어가 모르는 사람이었다. 건너 건너로 책을 선물 받은
분들이었을까. 아이디로는 모르는 분들이 확실하고 누구인지
알 길도 없었다. 잔잔한 글들에 진심이 느껴졌다.

나도 몇 번쯤인가 책이나 글 리뷰를 부탁받거나 서평단에 선

정된 적이 있다. 저자가 아는 사람이거나 꼭 리뷰를 써야 하는 조건이 붙으면 어느 때는 의무감이 생겨 부담되기도 했다. 그래서 이런 일이 어느 정도는 귀찮은 일이라는 걸 안다. 무명작가의 책에 대한 조건 없는 리뷰를 남겨준 분들의 성의가 고마웠다. 리뷰가 어떤 내용이었는가 하는 것보다는 누군가 피드백을 해주었다는 사실, 피드백을 받았다는 사실에 기뻤다. 나는 늘, 의견이 좋아야 한다는 것보다 의견 자체가 중요하다고 믿는 편이다.

사실, 나는 "왓슨빌" 작가로서의 다음 계획은 없었다. 내 인생에서 어쩌면 잊히거나 버린 시간이 될지 모르는 2019년 여름부터 2020년 봄까지를 [브런치스토리]에 비정기적으로 기록했을 뿐이다. 이방인으로 살아본 그 시간은 무료하다 못해 거의 우울할 뻔했다. 쓰지 않으면 잊히는 것이 세상을 바꿀 획기적인 아이디어만은 아니기에… 일기나 기록으로 남겨두지 않으면 나같이 평범한 한 인류의 역사는 아예 흔적조차 없을 것이다.

작년 가을에는 우선 예상보다 길어지는 격리 시절에다 해결되지 않고 쌓여만 가는 생활의 잡무에 지쳐있었던 것 같다. 그

우비 순트Ubi Sunt, 삶의 방향타를 잃고

럴 때 이 리뷰는 힘을 주는 사건이 되었다. "(왓슨빌의 작가가) 오래 글을 쓰기를 바란다.…"는 담담한 격려에, 나는 잠시, 혹시 표지와 편집을 맡았던 출판사의 에디터가 썼을까 생각하기도 했다.

누군지 모르지만, 철없는 어른을 격려해 줄 수 있는 이런 분이라면 분명 어디서든 "별" 같은 존재, 좋은 사람으로 살고 있을 것이다. 칭찬은 고래도 춤추게 한다지만 대상이나 성별과 관계 없이 칭찬보다 더 큰 힘을 발휘하는 것은 어쩌면 이런 "순수한 격려"일지도 모른다. 더욱이, 마케팅이나 서평 이벤트 없는 책은 빛도 보지 못하고 출간 직후 사라진다는 시장에서 이렇게 순수한 리뷰어가 되어 주다니… 무형의 격려에 보답할 방법은 없고 행운이 있기를 빌어주고 싶다.

실은 2020년 10월부터 몇 달간, 예정되어 있던 몇 가지의 계획들이 조금씩 틀어지고, 순리대로 되어 가는 일이 하나도 없는 것 같아 숨이 턱턱 막혔었다. 생업과 관련된 큰 줄기의 일들도 그랬지만 몇 가지의 작은 일들도 하나둘씩, 바퀴의 톱니가 어긋나듯 어그적 어그적 쇳소리를 내며 하루하루의 시간을 갉

아대는 것만 같았다. 결국 2019년의 어느 날부터 2020년 5월, 그리고 다시 2020년 10월부터 2021년 5월의 시간은 여기에도 저기에도 흔적도 없이 사라졌다.

소소하지만 강한 이런 격려의 힘이 아니었다면 나는 더 지쳤을지도 모른다.

우비 순트Ubi Sunt, 삶의 방향타를 잃고

멋진 청춘, 민지에게

20대, 민지야.

휴학하게 되었다는 너의 소식을 들었던 때 나도 너처럼 마음이 가라앉더라. 그동안 얼마나 고민했을까 싶었다. 너와 같은 고민을 했던 20대의 내 모습도 얼핏 머릿속을 스쳤던 것 같다. 1학년 1학기에 너를 만났는데 3학년 1년을 휴학하고 지금 벌써 4학년이라니, 시간 참 빠르다.

우연인지 네가 휴학을 했던 2019년과 2020년 사이, 나도 한동안 그 학교를 떠나있었구나. 그래서 우리는 샌프란시스코에서 만나자고 농담했었지. 2019년 그해에 너는 항공 승무원이 되기 위한 준비를 시작하게 되고 나는 잠시 미국에 있을 거라서, 네가 승무원이 되고 나도 원하던 곳에 일하게 되면 우리가 어쩌면 상당히 멋진 장소에서-샌프란시스코 공항이 딱이었지-

반갑게 재회할 수 있을 거라고, 약간은 터무니없는 상상을 했던 것 같아. 결과적으로, 너는 올해 복학을 했고 나도 이번 학기부터 재계약을 했는데 이것도 참 신기하게, 내가 학교를 떠났던 기간만큼 딱 그만큼 네가 휴학했더라. 민지는 이제 선배 학년이라 수업에서 만나지는 못하지만, 우리가 지금 다시 같은 캠퍼스에 소속되어 있다는 사실이 샘은 철없이 좋다.

　너는 1년에 몇 번쯤 내게 연락한다. 연휴가 끼어 있는 연말과 설날, 추석, 그리고… 5월 15일. 몇 년간 어김이 없다는 사실이 고맙다. 작년 5월 네가 연락을 해 왔을 때 내가 어디에 있었는지는 알리지 않았지만, 그때는 미국에서 돌아와 2주간의 의무 격리기간을 막 마쳤을 때였단다. 입국이 늦어져서 새 학기 개강에 맞춰 강의를 시작하지는 못했어. 수강 신청 기간에 시간표를 확인하고 나를 찾았다니… 고맙기도 했다. 사실 그때 샘은 계획했던 일이 잘 풀리지 않아 나름 스트레스를 조금 받았고 시절은 또 안팎으로 참 뒤숭숭했지. 그리고 그때가 샘의 책 [왓슨빌: 별이 보이는 곳]이 막 출간되었을 때라서 안부를 묻는 네게 나는 책 한 권을 보내 주었다. 너는 아직도 모르지만 그게 샘의 일기였단다. "어디에 계셨어요?"에 대한 대답이었지.

　우비 순트Ubi Sunt, 삶의 방향타를 잃고

아르바이트 때문에 토익 공부할 시간도 취업 준비도 많이 못했을 텐데, 그 와중에 잔소리만 하던 나를 찾아주어 샘은 말도 못 하게 반가웠다. 시간이 꽤 지나고 나서야(아니, 나이를 먹어 가면서) 내가 스승의 날을 즈음하여 나의 선생님들께 안부를 전할 때 살아있다는 소식 정도만 문자로 겨우 알리는데도 선생님들이 반갑게 답해 주시는 그 마음을 민지 너를 통해 알겠더라. 내가 민지 너에게 어떤 방향을 제시해 주지도 못했는데 잊지 않는 그 마음과 성의가 고맙다. 우리가 언제 다시 같은 강의실에서 만날 수 있을까. 나는 이곳에 있겠지만 민지는 지금부터 날개를 달고 비상을 준비하겠지. 앞으로 펼쳐질 너의 미래를 응원한다. 언젠가 정말로 우리가 공항에서 마주친다면 신기할 것 같아. 그곳이 만일 샌프란시스코라면 더더욱!

너로 인해, 대학생인 너희들로 인해, 나는 늘 나의 20대를 돌아보며 사는 기회를 얻은 것 같다. 나의 선생님들이 오래전 제자들에게서 연락이 오는 것을 왜 그리 뿌듯해하시고 행복해하셨는지를 이제야 어렴풋이 알 것 같다. 보람을 느낀다는 것이 어떤 마음인지를.

20대인 너희들 덕분에, 힘이 나는구나.

좋은 친구만 있다면

　수년 전 나로는 유럽 출장을 다녀왔다며 어린 왕자 캐릭터의 작은 기념품과 메모 노트 등 몇 개의 소품들을 기념품으로 준 적이 있다.

　얼마 전 텍스트를 주고받다가 그때의 여행에서 찍었던 사진 몇 장을 공유했다. 그 사진들을 보면서 그때 친구가 들려주었던 류블랴냐라는 곳의 이야기가 생각났다.

　사진 중에는 슬로베니아의 민박집 사진이 있었다. 사진을 잘 찍은 것인지 그곳 풍경이 원래 좋은 것인지 나도 그곳에 가 보고 싶다는 생각이 들었다. 사진 속 민박집은 영업장이 아니라 한 폭의 정원 속 별장 같았다. 꽃이 만발한 돌계단과 얕은 돌담 저만치에 낮은 갈색 지붕의 아담한 집이 자리하고 있다. 현대식 유럽풍 건물은 아니지만 야트막한 담이 있고 바닥은 잔

디로 촘촘했다. 초록빛 나무와 꽃으로 가득한 마당은 고즈넉하면서도 포근하고 따뜻한 느낌이었다.

나로는 그 해 유럽에서 돌아왔을 때도 묵었던 숙소 이야기를 가장 먼저 했었다. 수년이 지난 지금도 사진과 함께 숙소를 가장 먼저 떠올리다니. 유럽 문화가 으레 풍기는 서유럽의 이미지-고풍스러운 로마식 건물들과 크고 웅장한 성들 같은-가 아니라, 이런 따뜻하고 정감 있는 시골의 이미지를 중심으로 유럽 여행기를 전해준 친구는 나로가 처음이다.

슬로베니아 류블랴나에서 친구가 묵었다는 민박집 사진

(사진: 나로)

나로는 소설가를 꿈꾸었으나 현업에서는 다른 일을 하고 있다. 사진 찍는 일을 좋아했고 요즘은 종종 산행도 하는 것 같다. 주변에 유독 사람이 많은데, 친구들 모두에게 최선을 다한다는 것이 느껴진다. 한번 인연을 맺은 친구들에게 늘 안부를 먼저 묻고, 감정을 챙기며, 출장을 다녀오거나 하면 기념품들을, 나에게 그런 것처럼, 딱 부담 없을 정도로 가져다주는 센스도 있다.

나이를 떠나 나로는 내겐 멘토 같은 존재이기도 하다. 나는 그 직장을 그만두었지만, 동료가 아닌 나를 잊지 않고 가까운 곳으로 오게 될 일이 있으면 연락을 주는 편이었다. 자유로운 영혼이기도 해서 어느 때는 미리 약속해 두고 오고 또 어느 때는 번개와 같은 모임도 종종 만들곤 했었다. 나는 나로로 인해 한동안 블로그도 꽤 열심히 했었다. 만일 내게 지금을 즐길 줄 아는 모습이 조금이라도 있다면 어느 정도는 나로에게서 배운 것이다.

벌써 오래전 일이지만, 나로는 갑자기 바다가 보고 싶다며, 같은 팀 일원 전체를 끌고 퇴근 후 편도 두 시간이 걸리는 부산 송정까지 한밤중에 다녀오기도 했다. 점심이나 저녁 시간은 구내식당이나 사무실 주변이 아니라, 그날그날 맛있는 식당과 새로운 메뉴를 생각해 내고 찾아다니며 드라이브를 즐겼다. 언젠가는 가까운 친구들과 휴가 날짜를 맞춰 몽골(그렇다, 그 광활한 몽골 땅!)의 호수를 향해 날아가기도 하더라. 그 시절의 진정한 소확행, 그 진수를 나로를 통해 보고 배웠고 함께했다.

나로는 내가 종종 어떤 일에 꽤 깊이 빠져 있거나 벼락치기로 해야 하는 일 때문에 한동안 잠적하거나 하면 아주 적극적으로 나를 찾아주는 편이다. 한국인의 꽤 심한 개인주의를 생각하면 누가 보면 좀 심하다 할 정도인데, 잠적 중인 내게 연락하는 이유는 아주 단순하다, 별일 없나 걱정돼서. 그러고는 별일 없음을 확인하고 나면 아주 크게 안도해 주고 응원해 준다. 그동안 몇 번인가 그렇게 조용히 안녕을 챙겨주는 친구가 되어주고 있다.

나는 2015년, 2017년에 그동안 갖고 있던 책과 물건들을 정리한 적이 있다. 그때 나는 대부분 책을 나로가 활동하던 어떤 모임의 아지트에 기증했다. 지금도 그곳에 가면 내 책 도장이 찍힌 책들이 있다. 좋아했던 가구 몇 가지도 나로를 통해 정리했고, 또 몇 가지는 나로의 지인 중 한 둘에게 전해진 것으로 안다.

일상에 지쳐서 잠시 사라지고 싶을 때도 나의 행방과 행보를 알고 있는 친구 한두 명만으로도 삶은 충분히 따뜻하고 계속될 수 있다는 것을, 나로나 긍정이 같은 친구들을 통해 느낀다. 그런 의미에서도 나로는 언제나 내게 힘이 되는 멘토이다. 나는 나로에게는 나의 부끄러운 과거의 실수나 미숙한 행동들도 어느 정도는 솔직하게 털어놓을 수 있다.

좋은 친구 셋만 있다면 그 어떤 인맥도 부럽지 않을 것이다. 언젠가는 나도 나로에게 어떤 도움이나 힘이 될 만한 일을 할 수 있다면 좋을 텐데, 탄탄한 실력과 인맥 또한 가진 친구라 내가 도움을 줄 만한 일도 없을 것 같다.

올해는 한 번쯤 시간을 함께 보낼 수 있으려나, 바쁜데도 늘 먼저 시간을 내주는 마음이 나는 정말 고맙다. 나로에게 받은 어린 왕자 기념품은 마치 수호신 같은 느낌이라서 지금도 늘 주변에 둔다.

페이스북을 접으며

  나의 온라인 소통 창구는 한동안 페이스북이었다. 세어보니 페이스북이 생긴 지도 15년쯤 되었구나. 처음에 페이스북이 등장했을 때 당시 주변 친구들은 모두 그 획기적인 '얼굴 책'에 가입하느라 소동이었다. 어쩌면 나는 20대를 지나는 내내 페이스북 덕분에 공짜로 문화적 동질성과 이질성을 경험할 수 있었는지도 모른다.

  교환학생으로 가 있던 학교의 친구들이 페이스북을 소개해주었다. 옆방의 타이완 친구 그레이스나 아래층의 일본인 친구 아사미는 그렇게 해서 이후에도 계속 친구로 남게 되었다. 만일 그때 우리를 하나로 이어주는 그 소통 창구가 없었다면 우리가 그 이후 수년간, 서로의 안부를 묻고 서로의 일상을 알아가고, 취직하고 이직하고 했던 이야기들을 공유할 수 있었을까?

우비 순트Ubi Sunt, 삶의 방향타를 잃고

페이스북이 있어서 한동안 나에게도 '글로벌' 인맥들이 넘쳤다. 그레이스의 결혼식이 있던 해에 마침 동생이 처음으로 해외 출장을 가게 되었다. 동생은 첫 해외 출장에서 내 친구의 그레이스의 결혼식장에 찾아가느라 고생을 꽤나 했었다. 이것은 정말 내가 동생에게 두고두고 고마워하는 점이다. 일본에 사는 아사미는 미국행 비행기를 일본에서 경유해서 타게 되었던 해에 나리타 공항에서 만났다. 아사미는 한국 여행길에 내가 근무하던 학교에 들러준 적도 있다. 나는 이 친구들을 교환학생으로 있던 기간에 모두 만났다.

호주 시드니에서 지냈던 기간에도 거의 매일 새로운 친구들이 추가되면서 페이스북은 바빴다. 그곳에서 만난 키리빌리 센터의 밥 아저씨와 모린 아주머니는 잘 지내시는지, 안부가 궁금하다. 모린 아주머니는 알코올 중독을 치료하기 위해 내가 있던 센터로 자원봉사를 나오셨던 분이다. 개인적인 사정으로 알코올 중독자가 되었고 조금씩 치료해 가며 건강해지고 있다고 하셨었다. 한국에 돌아오고 나서도 종종 모린 아주머니와 연락하곤 했으나, 당연지사, 서로 안부를 묻는 일이 점점 뜸해졌고 연락이 끊어진 이후, 이제 시간도 꽤 흘렀다. 이제 아주머니는 나를 기억하지 못할 것이다.

　나의 하숙집 주인, 애나는 잘 지내고 있을 것이다. 특유의 호탕한 웃음을 지닌 애나는 북유럽 오리진 같은 큰 체격에 비해 아주 다정하고 착했다. 내가 서큘러 키(시드니의 유명한 관광지)에서 휴대 전화를 소매치기당했을 때 늦은 저녁 퇴근길에 함께 경찰서로 가서 서류 접수도 해 주고, 통역도 맡아 해 주었다. 그때 경찰서에서 사건경위서 같은 것을 발급해 주었는데, 나중에 한국에 돌아와서 보험사에 제출하니 잘 준비해 왔다며 알아서 보험금을 보내 주었었다. 서류 발급받기가 쉽지는 않은 일 같던데, 나는 그냥 애나가 도와주어서 쉽게 받았던 것 같다. 애나 자신이 시드니 지역의 경찰이었던 점도 도움이 분명 되었을 것이다.

　오스트리아에 사는 다니엘, 내가 그렇게 만나고 싶었던 친구도 페이스북에서 찾았다. 미아가 될 뻔한 아시아인들을 살려준 멋진 유럽인. 언어도 거의 통하지 않는 작은 아시아인들을 따뜻하게 배려해 주고 거실을 비워주며 며칠 밤이나 재워준 다니엘은 빈에서 트램 타는 법을 친절하게 알려주고, 자신의 이름만 알려주고는 사라져 버렸다. '아름답고 푸른 도나우강', 그 강변에서 나는 그때 다니엘 덕에 배달 피자도 먹어 보았다.

한국에 돌아와 이름으로 겨우 그를 찾아낸 곳이 페이스북이 었다. 그리고 10여 년이 지난 후, 나는 정말로 비상금을 탈탈 털어 다니엘을 찾아갔다.(친구들과 3년 동안 모은 돈으로 유럽으로 날 았다) 그리고 그때 고마웠노라고 인사했다. 다니엘은 (놀랍게도) 유럽에서 꽤 유명한 디자이너였으며, 귀여운 아이들의 아빠가 되어 있었다. 그때 오스트리아의 어느 작은 역에서 다니엘을 만나도록 도와준 독일인 니켈 씨는 아직도 찾지 못했다.

그렇게 한동안 나의 학창 시절의 기록이 되어준 소중한 친구 들과도 연락이 점점 뜸해진 것은 내가 페이스북에 자주 접속 하지 않으면서였을 것이다. 뭘 하느라 그랬는지, 관심과 모드 의 전환이었겠지.

이후 페이스북의 재미에 다시 빠진 것은 나로와 긍정이 같은 친구들 덕분이었다. 사실 페이스북에는 길게 일기를 쓸 만한 공간은 그리 많지 않은데 친구인 나로는 페이스북에서 몇 가지 좋은 시도를 했었던 것 같다. 나로가 준 정보들로 한동안 페이스북에서 시간을 조금 보내긴 했지만 나는 이내 시들해졌다. 나로의 친구들은 대부분 자신의 분야에서 꽤 전문가였다. 내가 낄 틈도 없었지만, 그들의 이야기와 글과 사진은 정말이지 '넘사벽' 수준이었다.

반면에 긍정이와 다른 몇 친구들은 그때 대부분 학생이었지만, 페이스북 안에서 서로 활기 있었고 늘 정신없어서 좋았다. 긍정이가 활동하던 모임에서 나도 한동안 바쁘게 활동했지만, 졸업 준비 등등으로 점점 소홀해졌다.

더 이상 페이스북을 유지할 필요를 느끼지 못한 어느 날, 나는 계정을 비공개로 전환했다. 귀찮은 과정을 거치는 것이 더 귀찮았지만, 나는 인터넷 세상에 떠다닐 정보를 조금이라도 줄여보고자 결국 탈퇴하게 된다.(지금도 여기저기 얼마나 많을 것인가, 나에 관한 정보 조각들이)

페이스북을 접으며, 마음에 걸렸던 것이 저 친구들이다.
멀리 살지만, 나의 인생 한 계절을 같이 했던 교환학생들, 그

레이스와 아사미 같은 귀한 친구들. 시드니의 애나와 밥 아저씨, 그리고 나로와 긍정이, 그리고 이들과 함께 서로 친구였던 친구들. 친구들의 사진과 댓글들이 너무 아쉬워 어딘가에 담아두기는 했는데 아차, 꺼내 본 적도 없기는 하다. 긍정이와 친구들은 지금도 같은 모임의 '멤버'이기는 하다.

한번 속하면 자의로는 탈퇴해 버릴 수 없는 한국의 학연, 혈연, 지연 아닌 나에게는 거의 유일한 모임이 여전히 건재하고 있다. 그리고 이런 끈 때문에 결국 혼자서 저 우주의 궤도 밖으로 떨어져 나가지 않고 그 원 안으로 다시 끌려오게 되는 거겠지. 가족이라는, 어쩌면 무의미한 '경제적 공동체'가 그러하듯이. 어쩌면 나에게는 그런 중력이 있어서 다행인지도 모른다.

페이스북을 접으면서 대신 나는 한가지 시도를 했다. 긍정이가 어느 날 내게, '누나는 나중에 누나 이야기 모아서 책으로 내 봐도 좋을 것 같아요'라고 했던 일을 나는 기억하고 있었다. 나는 창작형 인간은 아니기 때문에 소설가나 시인을 꿈꾼 적도 없지만 일기로 기록해 두고 싶은 이야기들은 몇 있었던 것 같다. 긍정이는 지나가는 말로 던졌겠지만, 나는 그냥 그렇게 해 보기로 했다. 그래서 카카오 [브런치스토리]로 이사해 페이스북에서보다는 조금 더 진지하고 재미없게 소소한 프로젝트를 해 보는 중이다. 일기를 쓸 용기를 준 긍정아, 나는 너의 열정을 이런 방식으로 응원하고 있다.

팬클럽이 여기 아직 존재한다는 것을 알리며.

우비 순트Ubi Sunt, 삶의 방향타를 잃고

대전, 포항, 서울에서

2013년 어느 날 우리는 같은 시각 같은 장소에 있었지만, 그때 만난 것을 둘 다 기억하지는 못한다. 이듬해였던가, 대전에서 만났던 멤버들이 다시 서울에서 만났을 때야 우리는 서로의 이름과 얼굴을 알게 되었다. 비로소 우리가 친구가 될 수 있었지.

학창 시절 친구란 선택할 수 있는 문제가 아니라서 - 동네 친구나 학교 친구는 그저 그곳에 살고 있기 때문에 만날 수 있었고 같은 반 친구가 되는 거잖아? - 서로가 코드를 따져 만난 선택이었다기보다는 그냥 어쩔 수 없는 인연 같은 것에 불과했던 것 같아. 학년마다 1년씩 같은 반 친구로 살아내야 하는 공동체가 만들어지면 그 기간은 거기서 빠져나가지 못하니까. 참 웃기는 시스템이지? 아니면 최고의 시스템이거나. 대신, 1년 동안 살아내면서 격의 없이 마주쳐 본 그 관계는 시간이 지나도 '동네 친구', '학교 친구'라는 이름으로 적당히 가깝게 느껴질 때도 있고 또 멀게도 느낄 수 있는 틈이 되기도 하지만.

나와 너는 그런 친구는 될 수 없었지. 우리는 억지로 시간을 내어 만나야 하고 서로 격의 없으면 안 되는 공적인 관계였으니까. 동네 친구 같은 '까르르'한 웃음으로 대할 수는 없었지만 나는 그래도 너와 일할 때 철없이 좋았다! 그래서 나는 그해 서울에서 너를 만난 후로 네가 리더로 참여하는 모임에는 가능한 한 열심히 나갔던 것 같아. 팬클럽 회장으로 가장하여 나름 뿌듯해하면서 말이지. 나는 너의 그 격의없는 웃음과 열정과 자신감, 그리고 또 겸손이 좋았단다. 이제는 저 [책갈피와 머그잔]으로 기억될 너의 손 글씨도 좋아하고.

글로벌 리더가 되겠다는 꿈이 허황하지 않아 보이는 사람은 네가 처음이었다. 너를 알게 된 것은 행운이었다고 생각한다. 나는 사실 그때 너와 그 친구들이 있어서 숨을 쉴 수 있었어. 그때 내 일상은 너무 팍팍했거든. 너의 생활도 그랬을 거라는 걸 나도 당연히 알고 있고. (하하, 그런데 지나고 보니 그때가 지금보다 더 여유로웠네.) 지금도 그렇지만 그때도 너는 아주 왕성하게 활동하는 리더였어. 잠은 언제 자나 궁금했을 정도로 바빴던 것 같아. 그런 중에도 실없는 질문에 답해 주느라 참 고생했겠다. 나는 그때 너와 잠깐씩 수다로 에너지를 충전하고 힘든 터널을 지난 것 같아. 고마웠어.

친구에게 '너를 만나서 너에게 고맙다'라고 말하기는 좀 이상하지 않나? 네가 나를 만나러 와 준 것도 아니고 드라마 [나의 해방일지]에서처럼 구세주 같은 만남도 아니었고, 우리가 그냥 이 별에서 살다가 어느 해에 마주친 것일 뿐인데 말이지. 고맙다고 말로는 못 하겠지만 뭐 내 맘이니, 글로는 써 본다.

나는 종종 너의 조언을 구하기도 한다. 너의 직관적인 대답들은 항상 어른스러운 부분이 있다. 장난기 있어 보이는 그 표정 이면의 진지함, 부드러운 카리스마, 나는 너의 진짜 얼굴은 그것이라고 생각한다.

너의 격려에도 불구하고 나는 또 한 가지 일에서 실패해 버리고 해를 넘긴다. 올해도 어김없이, 너의 답이 진리였다는 것이 판명되었다. 포기하지 말고 조금 천천히 가더라도 시도해 보라고 했던 그 일을 내가 그때 잘 마무리했다면 기회가 되었을 텐데, 힘들어서 멈춰버리고 나니 그때가 더 좋은 기회였다는 것을 알겠다. 땅을 치고 후회한다는 것, 소 잃고 외양간 고치려는 행태라는 것이 이런 것 아닐까. 버거워서 손에서 놓아둔 그 일을 그때 어떻게든 했더라면 정말 좋았을 것이다.

누나라고 잘난 척했던 일도 생각난다. 감히 누가 누구에게 조언한다고, 너의 이야기에 나는 진지하게 훈수를 두었지. 네가 지금 해 보려는 일을 응원한다고, 포기하지 말라고. 누나는 무슨, 네가 더 어른이었다. 그래서 나는 또 한 번 실감한다. 신체적인 성장과 함께 정신적인 성숙이 완전해지는 열여덟에서 스물, 스물 이후 우리는 굳이 서로의 경험과 성장치를 비교하기 위해서는 나이를 셀 필요가 없다는 것을. 삶은 그 사람의 경험 밀도에 따라 색깔이 달라서 스무 살에게도 배울 점이 있다는 것을. 사회적인 나이를 떠나 우리는 모두 똑같이 삶의 레이스 위에서 달리고 있다는 것을. 그리고 네가 오히려 나의 멘토였다는 것을.

마지막으로 보았던 것이 몇 해 전 연남동이었구나. 그날 걸었던 거리를, 가로수를, 너의 뒷모습을 기억한다.

긍정아, 덜 바쁜 연말 보내고 있기를 바란다.

긴긴 방학 중에:
소려 작가님께

잘 지내셨지요?

안부를 전하고 싶습니다. 저는 1월 첫 주부터 연휴 전날까지는 계절학기 수업이 있었어요. 아침 9시에 시작해 3시간, 점심시간 1시간 비고, 다시 오후 1시에 시작해 4시에 끝나는 강행군이었지요. 여러 사정과 상황들이 있지만 대학에서 계절학기 수업은 있는 학과도 있고 없는 학과도 있고, 대학원이나 특수목적 교육과정이 있는 학과에서는 매 학기 열리기도 하고요. 그래서 분야에 따라 '방학마다' 계절학기 수업을 하셔야 하는 교수님들도 있는 것 같아요, 평생.

아침 9시에 수업이면 저 같은 늦잠꾸러기는 무척 힘이 듭니다. 새벽 기상은 매번 계획을 세우지만 습관으로 만들어 보지는 못했어요. 방학이 참 긴 것 같으면서도 대학은 또 그렇지

우비 순트Ubi Sunt, 삶의 방향타를 잃고

못한 것이 중간에 다음 학기 강의계획서며 수업 자료며 학기 중에 못 한 일들을 하느라 다들 바쁘신 것 같습니다. 계절학기 수업이 끝나고 일주일여 정도를 오전 시간은 그냥 쉰 것 같아요. 정신 못 차리고 있다가 눈을 떠 보니, 2월이 시작되었습니다. 마음을 놓아버리면 저는 왜 이리 물 먹은 솜뭉치처럼 푸욱 가라앉는 걸까요. 어느 날은 TV 리모컨 돌리면서 몇 시간을 보내기도 했습니다.

이 '긴긴' 마음의 방학 중에 생기는 놀라운 일들

어느 날, 어떤 경종 같은 것이 울리길래 보았더니 소려님이 저를 깨우고 있었어요. 혹시 서로가 서로에게 그런 의미가 되었던 것인가요, 우리? 행복한 경험입니다. 작가님께서 남겨주신 그 메모에 저는 이제 솔직해질 수밖에 없습니다.

딕 홈즈 선생님에게 허락받았던 번역 시집은 아직 출간하지 못했습니다. 마침 지난 달이었나 선생님께서 미국의 동부에서 서부와 가까운 곳으로 이사를 하셨다는 메일을 보내 놓으셨네요, 사실 제가 잘할 수 없는 일일 것 같아서 포기하려던 일입니다. 작가님과 딕 선생님이 저를 붙잡아 주신 것 같아요. 놀라운 타이밍입니다.

영호를 벌써 몇 년째 못 만났어요. 아이들은 빨리 크는데 아마 올해나 내년쯤 다시 본다면, 영호는 훌쩍 커 있고 우리는 철없이 뛰어놀던 몇 년 전과 또 다를 수 있겠지요. 덕분에 우리 영호, 영호의 형 현호, 그리고 그 엄마 아빠의 안부도 궁금합니다.

그리고 마지막으로, 에리히 프롬. 철학자든 몽상가든 이분은 어쩜 그리 인간의 머릿속에 흐르다 말다 하는 이 모든 생각의 흐름을 다 알아낸 것인지 신기할 따름입니다. 무기력에서 벗어나는 일, 지난주 저에게 딱 필요한 일이었어요. 방학은 이미 반 이상 지났고 저는 한참 무기력에 빠져 허우적대고 있었거든요. 몸을 추슬러야 할 이유를 작가님의 따뜻한 마음 덕분에 찾았습니다. 시공간 멀리 있는 에리히 프롬이 아니라 같은 하늘 아래에 있는 작가님의 관심과 응원 덕분에요. 이제 보니 무기력을 되풀이하지 않는 힘은 바로 여기 있었네요.

우비 순트Ubi Sunt, 삶의 방향타를 잃고

짧은 아마추어 작가 생활 중에

벌써 두 번째 편지를 써 봅니다. 관제엽서에 꾸준히 안부를 보내준 그 친구에게는 아직 답장도 안 했어요. 나로가 이 사실을 알게 되면 무척 서운할 수도 있겠지요? 미안함을 쌓아가고 있습니다.

어제 비가 조금 내린 듯합니다. 비 온 뒤 햇살이, 정말 좋네요! 늦잠 푹 자고 일어났을 때 날씨가 우중충하면 몸이 더 찌뿌둥하던데, 오늘은 맑은 구름 파란 하늘이 참 잘 어울립니다. 싱가포르나 캘리포니아 어느 해변을 달리는 이상한 상상과 느낌을 잠시 가져보았습니다.

소설 탈고하시느라 정말 수고 많으셨습니다. 전에 어떤 선배는 책이나 박사 졸업 논문, 그리고 소설을 창작하는 일은 '출산'과 맞먹는 인내일 거라고 하셨습니다. 그런 의미에서 더더욱 수고하셨습니다. 그런 와중에, 탈고를 끝내시자마자 작가님께서 [왓슨빌: 별이 보이는 곳]을 읽어주셨다는 것은 참 부끄러운 일인데 감사한 마음이 또 정말 커요. 초보자의 글을 선배가 읽어준다는 것은 부끄러우면서도 또 영광스러운 기회잖아요, 신춘문예 심사나 학위논문 심사 같은 일들이 결국 그 분야의 전문가가 내 초고의 첫 번째 독자가 되어준다는 귀한 의미가 있다고, 저는 생각해 봅니다.

감사합니다, 긴긴 방학 중에 늦잠 자는 인생 후배를 깨워주시고 기다려 주셔서요.

2023년 2월 하늘 맑은 금요일에 올림.

애도와 기도:
선생님을 보내드리며 1

　3월이 시작되자마자 전해진 선생님의 부음. 충격은 예상보다 컸다.

　몸을 추스르는 데에 12일이 걸렸다. 열흘 넘게 밤마다 선생님 꿈을 꿨다. 선생님의 생이 파노라마처럼 지나가며 자꾸 생각나 일도 손에 잡히지 않았다. 나는 10여 년 만에 처음으로 휴강 공지를 했다. 3년 만에 처음으로 며칠을 아무것도 하지 않고 쉬었다. 장례 의식이 끝난 후에도 며칠간 선생님이 이 세상에 없다는 것이 실감 나지 않았다. 몸이 인식하는 데에 10여 일, 이제 마음은 그보다 백 배쯤 시간이 지나야 회복되겠지.

　알고 보니 선생님을 존경하는 제자들이 많았다. 수십 년 전에 지도했던 제자들도 어디선가 달려왔다. 강원도에서부터 남도 끝에서까지 놀라 한달음에 달려온 어른이 된 제자들. 교대에 재학 중이라는 아랑 씨는 선생님 덕분에 교사의 꿈을 꾸었노라고 했다. 급하게 오느라 슬리퍼를 신고 온 것도 몰랐다고 했다.

각자 다른 시기에 선생님을 알게 된 제자들이 처음 한 자리에서 만나 서로를 소개했다. 선생님께 어떻게 격려받았는지를 공유했다. 그런 마음들이 고맙고 자랑스러웠고 아름다웠으며, 슬펐다. 갑작스러운 비보라 아직 부음을 모르는 지인들도 있을 것이다.

선생님의 사적인 인생을 20여 년쯤 가까이서 뵈어 왔다. 선생님을 처음 뵈었을 때 나는 갓 스물을 넘겼었다. 이후 이십여 년 가까이 선생님은 직접적으로, 그리고 간접적으로도 멘토가 되어 주셨다. 중고등학교 시절의 은사님과도 친분이 있으셔서 종종 학창 시절 선생님들의 이야기가 나올 때면 그분들의 동료로, 인생의 선배로 이런저런 이야기를 해 주셨던 것 같다.

대학교를 졸업하고 직장을 다니고 이러저러한 가족사를 겪는 중에도 가까이서, 멀리서 선생님을 뵈어 왔다. 선생님은 여러 가지 악재들 속에서도 늘 격려해 주시는 일을 잊지 않으셨다. 좋은 일은 축하의 연락을, 힘든 일을 겪었을 때는 격려차 연락을 주셨다.

한국 사회에서 직장인의 생활, 그것도 중년 남성의 생활이 얼마나 바쁘고 여유가 없는 삶일지 상상이 가는데, 그동안 그 많은 제자에게 늘 안부 묻는 일을 잊지 않으셨다. 정말 대단한 성의이자 진심이 아니라면 불가능한 일이었을 것이다. 바라는 것 하나가 없으셨으니, 선한 분이셨다.

선생님과 같은 교육 분야에서 일하게 되었지만, 나는 선생님을 아주 편하게 대할 수는 없는 관계이자 처지였다. 선생님께서 섬에 있는 학교에 꽤 오래 계시게 되면서는 한동안 자주 뵙지는 못했다. 뭍으로 나오시는 날이나 특별한 날에는 거의 연락을 주셔서 잠깐이라도 뵐 수 있어서 좋았다.

내가 한동안 서울이며 캘리포니아며, 나름대로 열심히 살아 보겠다고 이곳저곳 동분서주할 때도 선생님께서 먼저 안부를 챙겨주셨다. 마지막에는 늘 '응원한다'는 말을 잊지 않으셨다. 선생님의 기도 덕분에 살인적인 강의 시간표도, 학위 과정도 잘 버텨낼 수 있었던 것 같다. 모든 날, 모든 시간에 선생님이 함께해 주실 수는 없었지만 가끔의 안부와 격려와 응원과 만남만으로도 충분히 감사한 일이었다.

종종 우리는 아는 사람의 숫자와 자주 만나는 사람의 수 정도로 인생의 성공과 실패를 판단하려 하지만, 사실 인생에서 가장 큰 행운은 항상 자신의 편이 되어주는 사람의 존재가 있다는 것일지 모른다. 그것만으로도 정신적으로는 충분히 힘이 된다. 지나고 보니 선생님은 늘 내 편에서 내가 잘되기를 기도해 주셨다.

선생님도 30대, 40대를 거쳐 50대를 지나시면서 생의 굴곡을 겪으셨을 텐데, 내게는 늘 어른 같아서 선생님에게도 개인의 생활사가 있을 것이라는 생각을, 가늠을 해 본 적이 없는 것 같다. 그렇게 자주 뵈었는데도 단 한 번도 세상 탓이나 사람 탓을 하신 적이 없었다. 목소리를 높이는 모습을 본 적 없고 아랫사람도 함부로 대하지 않으셨다. 힘든 시기도 있으셨는

우비 순트Ubi Sunt, 삶의 방향타를 잃고

데 계절과 생의 오행을 운명에 맡기신 듯, 모든 관계에 대해 감내하셨다.

그래서 종종 나이란 그냥 먹는 것이 아니라는 생각이 들 때 삶을 관조하는 선생님의 그런 초월 정신을 떠올리곤 한다. 나이는 그저 사회적인 숫자에 불과할 뿐이라고 나는 생각하지만, 선생님의 나이는 내게 본받아야 할 인성의 깊이인 것만 같다.

생활인으로서의 모습이야 누구든 완벽할 수는 없다. 인간사 모두 복잡다단할 것이다. 그런 점에서는 지난 2년 사이 개인적인 사정과 여러 일들로 선생님을 더 가까이서 챙겨보지 못한 나도 유죄이다. 달게 받겠다.

장례가 끝나고 며칠 후, [왓슨빌]의 초판 한 권을 유족을 통해 전해 받았다. 선생님의 유품 중에 있던 것이라고 한다. 책 속에는 3년 전에 계시던 학교로 책을 보내드리며 함께 적었던 엽서가 여전히 꽂혀 있었다. 우연의 일치인지, 나는 마침 2월 마지막 주에 그 책의 개정판을 준비하고 있었다. 3월 10일 출간 예정이었다. 지난달에 일용이가 지나가듯 해 준 말을 생각하다가, 이참에 오타라도 수정하자 싶어 거의 즉흥적으로 결정하고 진행하고 있던 차였다. 마지막 인쇄 승인 작업만 앞두고 있던 상황에서 내게는 없는 [왓슨빌] 초판이 내 손에 돌아온 셈이다.

2023년 3월 8일, 최종 편집이 완료되기 직전에 출판사의 관계자께 부탁드려, 지면 한 쪽을 얻을 수 있었다. 선생님이 마지막에 갖고 계셨다는 나의 책 왓슨빌. 책과 함께 선생님의 영원한 행복과 안녕을 빌어드리고 싶다. 퇴직하면 강진에서 시와 글을 쓰며 노년을 보내고 싶다고 하신 그 꿈을, 대신이라도 기억해 드리고 싶다. 인쇄를 앞둔 상황에서 갑작스러운 나의 부탁에도 아무것도 묻지 않으시고 공간을 만들어 주신 출판사의 직원분에게 감사하다는 인사를 드려야겠다. 잊고 있었다.

[왓슨빌]은 이제 내게 아주 중요한 기억과 추억이 되고 말 것 같다.

보내드리고 오던 날 관사 앞에서 찍은 사진과 선생님 유품 속 책

선생님을 보내드리며 애도의 마음과 기도를 남긴다.

봄빛을 담아 봅니다:
선생님을 보내드리며 2

2월.

2월은 왜 느리고 밋밋하고 생기란 도통 없고 무겁게 가는지 답답하기만 했다. 2월 첫 주였던가, 내가 좋아하고 존경하는 김 선생님의 아버님이 돌아가셨다는 연락을 받았던 날, 무거운 몸을 일으켜 조문을 다녀오고 나서야 곧 새 학기라는 것이 실감 났던 것 같다.

그날 나는 아버지를 잃은 선생님께 위로가 되고 싶다는 마음에 한달음에 달려갔다. 김 선생님과는 사실 먼 관계였지만 얼마나 따뜻하셨던지 나는 항상 그 선생님이 마치 가까운 인생 선배이거나 멘토인 것만 같았다. 당시 대학원 과정은 지루하고 단조로웠는데 김 선생님은 그 기간에 새로 알게 된 거의 유일한 인간관계였을 것이다.

표현은 못 했지만 존경해 왔다. 뵐 때마다 밥은 먹었는지 물으시고 극구 끼니를 챙겨주셨다. 명절이면 열 살쯤 어린 내게 명절 인사와 선물도 잊지 않으셨다. 대학원을 졸업했을 때 금일봉을 챙겨주신 그 마음은 가족보다 따뜻했다.

김 선생님께는 2년쯤 연락을 못 드렸다. 그날 아침결에 몸은 힘든 차였지만 망설임은 없었다. 급한 대로 이것저것 챙겨 바로 집을 나섰다. 겨울에서 봄으로 계절이 바뀌고 있다는 것을, 남도의 기운을, 그날 장흥까지 다녀오는 길에 느꼈던 것 같다. 장흥에는 전날 밤 내린 막바지 겨울눈이 소복하게 쌓여 있었다. 길은 불편했지만, 하늘은 이상하게 맑게 느껴졌다.

3월.
그 이후 나의 오감은 다시 겨울인 것처럼 굳어있었다. 봄이 온다는 것을 몸으로 실감한 것이 이번에 선생님의 부음을 들은 다음 날이다. 마음이 착잡해 창문 앞에 섰다가 집 앞 나무에 어느샌가 몽글하게 솟은 꽃망울들을 발견했다. 그제야 느꼈다. 봄이 오는구나.

봄빛이 그렇게 가까이 와 있는 줄 미처 몰랐다. 아침에 나가고 저녁에 들어오는 일상에서 창문을 열고 있어 본 적도 거의 없었다. 요 며칠 사이, 아니 몇 년 사이, 넓은 하늘, 바다, 나무, 꽃을 바라본 기억이 거의 없다. 나는 그냥 회색빛 일상을 살고 있었던 것 같다. 점수와 성과와 돈벌이만이 내 일상을 메우고 있었던 것 같다.

지난 몇 년 사이 하루하루의 일과에 덤으로 얹힌 꽤 여러 번의 이사, 복잡한 개인사들, 그래서 짜증 나는 일들을 나름 감내하면서 보내느라 봄과 햇살 같은 것들은 생각할 겨를이 없었다. 코로나 시국이라 모임 같은 것들이 현저히 줄었던 것은 어쩌면 좋은 상황이었는지도 모르겠다.

거기다 3월이 가까워지면서 여기저기 참석해야 하는 모임과 조직과 일들이 갑자기 늘었다. 겨우내 움츠렸던 풀들이 싹 트기를 시작하려는 분주한 움직임처럼, 코로나를 핑계로 갇혀 있던 그 많은 모임과 회식 자리들이 한꺼번에 밖으로 밀려 나오려는 것인가. 매일의 회식들을 감당해 낼 수 있을까. 수업 준비는 언제 하나. 나는 지난 몇 주간 두려움마저 느끼고 있었다.

밤새 뒤척이다 일찍 깬 날, 잿빛 나무에 트는 초록빛 망울이 한눈에 들어와 버린 아침, 온 세상을 싱그러움으로 물들인 색색의 꽃점을 보면서 나는 봄기운을 느꼈다.

봄이 오는 길목에서 영면하신 선생님… 나는 봄비가 내리는 오늘 아침 출근길에도 새싹이 움트던 3월 첫 주 그 아침처럼 선생님을 생각했다. 앞으로도 창문 앞에 서서 저 나무와 꽃을 볼 때면 몇 번쯤은 더 선생님 생각이 날 것이다.

이 봄빛을 여기 남기시고
다른 세상으로 가신 선생님.
선생님도 함께 보고 계실 이 봄빛을
오늘 아침도
하나씩 하나씩,
가만히 담아봅니다.

우비 순트Ubi Sunt, 삶의 방향타를 잃고

아랑 씨에게:
선생님을 보내드리며 3

아랑 씨, 저도 지금 선생님이 그립습니다.

그날 아랑 씨를 만났을 때 저는 단번에 알 수 있었어요. 진로에 대한 고민으로도 벅찰 20대인데 아르바이트를 끝내고 늦은 시간에 한달음에 달려 온 그 마음, 진심이라는 것을요.

이후 저는 지금 한 달째 검은 정장으로 출퇴근하고 있습니다. 주말에도 검정색 옷차림이지요. 제가 지금 할 수 있는 최소한의 실천이라고 생각해서요. 주변에서는 매일 '세미나'가 있는 줄 알고 있지요.^^; 학생들에게는 양해를 구해 두었습니다. 3월과 4월에는 검은 교복을 입고 올 수도 있으니 이해해 달라고요.

　　　　　　　　우비 순트Ubi Sunt, 삶의 방향타를 잃고

선생님을 보내고 이렇게 마음 아픈 것은 제가 부모에게서 받아 보지 못한 격려와 지원을 선생님께 받았기 때문입니다.

대학교 4학년 때였을 겁니다. 저는 장학생으로 입학해서 이변이 없다면 늘 장학금을 받을 수 있었는데, 여차저차 한 사유로 장학금 대상자에서 제외되는 불상사(!)가 발생하고 말았습니다. 계산을 잘못했는지 그 학기에 수강했어야 할 전공 이수 학점이 부족했어요. 4학년이라고 일반선택과목을 너무 많이 들었던 것이 불찰이었고 이후 제 인생의 진로를 바꾸고 말았습니다.

저도 부모님이 계시긴 했지만, 집에는 등록금 이야기를 할 수 없는 사정이 있었어요. 그 해에 해외 교환학생으로 우선 선발되는 좋은 일도 있었지만, 가족 누구에게도 말할 수 없었고 축하도 받지 못했습니다. 제가 부담해야 하는 비용도 있었고 비자 발급 서류도 제출해야 했는데, 다음 학기 등록금도 낼 길이 없는데 어떻게 교환학생으로 갈 수 있겠어요. 결국 저는 그 기회를 포기했고 저와 친했던 친구가 대신 다녀왔습니다. 마지막 학기를 남기고 저는 휴학했고요.

당시 친구들 사이에서는 제가 미국 교환학생으로 선발되고도 그 기회를 포기하고 돌연 휴학한 이유들을 여러 가지로 추측하는 해프닝도 있었지요. 말은 못했지만, 사실은 경제적인 문제 때문이었습니다. 휴학한 후 바로 아르바이트를 시작했고 졸업은 해야겠다는 생각에 가능한 한 빨리 복학하기로 마음먹었고요. 그런데 몇 달간 아르바이트로 번 돈은 생활비로도 써야 했으니 등록금으로 다 모으지도 못했어요.

그 때 선생님께서 선뜻 50만 원을 주셨습니다. 그리고 그 돈을 등록금에 보태어 저는 학교로 돌아갔고 무사히 졸업할 수 있었습니다. 선생님이 결혼한 지 얼마 안 되셨을 때였는데 선생님의 가족들도 그때 이 일은 알고 계셨고요. 그날 아랑씨를 만나기 전에 저도 선생님이 제게 해 주신 그간의 좋은 일들에 대해 유족에게 이야기해 드리고 있었어요. 유족은 우리가 아는 선생님의 모습을 미처 다 알지는 못하셨던 것 같습니다. 아쉬운 부분이지요.

저는 그 일을 두고두고 잊지 못합니다. 선생님께는 그동안 50만 원보다 훨씬 더 많은 보답을 해 드렸지만, 제가 가장 힘들

우비 순트Ubi Sunt, 삶의 방향타를 잃고

었을 때 선뜻 도와주신 그 마음은 수천 배, 수만 배의 돈으로도 갚을 수 없다는 것을 압니다. 이후 저는 대학원도 다니고 직장도 다니고 했지만 아직도 '정규직'이 되지는 못했습니다. 그래도 선생님께서는 항상 응원해 주시고 격려해 주셨지요.

누군가는 지금 저에게 '척한다'고 할 수 있습니다. 실제로도 그런 말을 들었고요. 부모가 돌아가신 것도 아니고 그저 남인데 마음 약한 척, 착한 척할 필요가 있냐는 거지요. 산 사람은 살아야 한다는 말도 지겹게 들어서 아는데도 너무도 매정하게 '의무'만을 이행한 채 3일 만에 돌아서는 마음들이 저는 왜 그리 미워 보였는지 모르겠습니다. 그렇게 제자리로 돌아가는 각자의 마음들도 나름대로 이유는 있겠지만 선생님을 생각하니 쉬이 마음이 편해지지 않습니다.

관계 유지를 아주 중요하게 생각하는 '어른'들 중에는 각자의 어떤 의무감에 피상적으로 사람을 대하면서도, 그것이 얼마나 가식적인가를 느끼지도 못하고 살기도 해요. 한국인의 유난한 그런 정서와 정신을 저는 별로 좋아하지 않는데, 그날 그 자리에서 아랑씨의 이야기를 들으며 미안한 마음도 참 컸습니다.

당사자 때문이 아니라 직장 상사의 눈 밖에 나지 않기 위해 별 친하지도 않은 사람 결혼식이나 장례식에 가기도 하거든요(또는 가야 할 때가 있지요). 우리는 솔직히, 그래서 저는 한밤중에 '겁도 없이' 오래전 은사님의 장례식장까지, 그렇게 멀리까지 와 준 아랑 씨의 그 순수한 걸음이 정말 예뻐 보였습니다.

부모도 해 주지 않았던 선의를 베풀어 주신 선생님을 제가 어떻게 잊을 수 있을까요. 아랑 씨는 선생님을 보며 교사의 꿈을 꾸었다고 했는데 지금 최고의 교육대학에 진학했으니, 선생님은 얼마나 기쁘셨을까요. 그래서 휴학했다는 사실을 알리지 못했다는 그 마음도 저는 충분히 이해했습니다. 길을 찾기 위해 휴학했다고 말씀드렸다면 서운해 하지 않으셨을 겁니다.

장례가 끝난 후 저는 제가 2020년 스승의 날 선생님께 보내드렸던 책을 유족에게서 받았습니다. 학교에 있었는지 선생님 댁에 있었던 것인지는 모르지만, 유족은 그 책이 선생님 가까이에 있더라며 제가 보내드렸던 엽서와 함께 돌려주었습니다. 운명이라고 여겨야 하는지, 아니면 인연의 끝이라고 받아들여야 할지는 모르겠네요. 잠시나마 3년 전 그때를 돌아보았습니

우비 순트Ubi Sunt, 삶의 방향타를 잃고

다. 그해에 선생님은 앞으로 하고 싶은 일에 관해 이야기해 주셨지요.

선생님께 좋은 영향을 받은 아랑 씨와 저를 이렇게 만나게 해 주신 것은 감사할 일인 것 같습니다. 그날 밤, 모두 잠들어 버린 장례식장에서 새벽녘 만난 그 우연을 우리 늘 잊지 말고 지내요.

선생님이 응원해 주신 그 마음 잊지 말고, 아랑 씨도 한 걸음 한 걸음, 뚜벅뚜벅 걸어 나가시기를 바랍니다. 교사가 되어도, 다른 어떤 길을 가도 저는 아랑 씨를 응원합니다.
늘 행복하세요.

2023년 4월 1일. 정연진 드림.

<P. S.>

　전병문 선생님께 3월까지만 깊은 우울함에 빠져 있겠다는 둥 잘난 척을 했는데 4월이 되고 말았다. 몸과 마음은 내버려 두면 안 되는 커다란 기계인 것만 같다. 그래도 2주 정도만 더 검은 옷 입고 다니다가 벗어나 보려 한다. 전에는 3년 상도 있었으니까.

　저보다 어리지만 다부지고 어른스러운 아랑 씨와, 먼먼 친구에게 위로와 공감을 보여주신 전병문 선생님께 감사하다.

졸곡, 그만 울기로 하다:
선생님을 보내드리며 4

#1

  꼬박 48일째, 매일 하얀 셔츠에 검은 바지, 검은 재킷 차림으로 살고 있다. 뭐 잘났다고 혼자 이러고 있는지 사실 잘 모르겠지만 나는 그렇게 3월과 4월을 보내버리고 말았다.

#2

  두 달여 가까이 잠을 거의 못 자고 있다. 잠귀가 밝아서는 아니다. 잠에 대해서는 예민한 편이 아니다. 크게 후회스러운 일도 없는데 선생님은 꿈에 자주 보였고 뵙지 못한 마지막 해의 많은 이야기가 꿈속에서 오갔다.

스무 살이 되던 해에 바로 어제까지 목소리를 들었던 고등학교 동창 하나를 잃어보았고, 그 무렵 내가 가장 좋아한 가족이자 친구인 할머니와도 이별해 보았다. 그보다 더 어렸을 때나 그 후에는 부모와 생이별도 해 본, 나는 나름 생애 초반에 여러 번 이별을 경험해 본 아이였지만, 다 커서, 나보다 더 큰 어른을 잃은 슬픔이 이렇게 클 줄 몰랐다. 경험하지 않았어도 될 일을 나는 왜 겪어야 하는가. 나의 이번 생은 참, 괴롭다.

#3

전병문 선생님이 어느 날, 예부터 내려오던 통과의례의 장례 절차 중 〈졸곡[卒哭]〉이 있었노라고 하셨다. 그 주엔가 나는 마침 이이화 선생의 〈처음 만나는 한국의 전통문화〉라는 책을 볼 일이 있었는데 그 책에는 그런 내용은 없었던 것 같다.

졸곡…. 그만 울겠다는 예법의 절차, 그러게, 사람이 사는 이런 일련의 과정들은 나 이전에도 우리 인간이 수천 년을 겪어온 일인데 나는 참 유난을 떨고 있는 거였다. 예법도 모르는

것이 아는 척, 49일을 지켜드리겠다고 일상생활이 흐트러질 정
도로 몸과 마음을 들이밀어 버렸다.

무작정 애도하면 되는 것이 아니었다. 울음을 그쳐야 할 시
기조차 관혼상제에 다 포함된 걸 모르고 나는 혼자서 마음이
허락할 때까지 버티려는 심산이었나 보다.

현대에 졸곡이라는 절차는 사라진 것은 아니었고 장례식장
에서도 나름 이 절차들을 다 지켜서 유족들을 안내하고 돕는
다는 사실을 알았다. 절차가 간소화되긴 했지만, 대부분의 예
법에 어긋나지는 않도록 지켜지고 있다는 것도 덤으로 알았다.

#4

뇌가 이번 사건을 깊은 슬픔으로 기억하는지, 노력을 꽤 해
보았음에도 불구하고 몸과 마음이 잘 추슬러지지 않았다. 바
깥 활동은 거의 하지 않고 최소한의 일만 유지하면서 두 달을
보냈다. 그런데 이제 안다. 지난 두 달 동안의 나의 단조롭고도

흐트러진(!) 이 생활은 애도와 기도의 어떤 예법은커녕, 나에게도 선생님께도 또는 그 누구에게도 전혀 도움이 될 리 없다는 것을.

삼년상의 시묘살이가 지켜지던 때는 그 기간 동안 상주가 가사를 탕진하기도 하고 몸이 약한 이는 죽기도 했었다는데, 나는 21세기 문명의 이기를 모두 옆에 두고서 옷과 생활만 간소하게 했는데도 거의 폐인이 될 판이다.

이제 침잠해 있던 우울에서 나오려 한다. 선생님을 진심으로 기억하되, 곧 보내드리려, 나는 그만 울기로 한다.

경쟁이거나 거부인 어떤 것

일정한 공간을 점유해 다른 개체의 침입을 막거나 경계하는 동물적 행동은 인간 세계에서도 엄연히 존재한다. 자리를 먼저 차지한 이가 부릴 수 있는 위세와 괴롭힘의 방식들. 텃세는 하물며 동네의 작은 목욕탕에도 큰 수영장에 가도 있다.

첫 직장에서 텃세를 경험한 적이 있다. 지금도 그때 선배들에게 받았던 상처 된 말과 상황, 이야기, 그리고 말이나 글로는 절대로 표현할 수도 없는 괴롭힘…. 다 생각난다. 드라마 〈더 글로리〉에서 짚어낸 핵심은 어쩌면 '심리적 트라우마는 실제로도 뇌의 성장을 방해한다'라는 것일지도 모르겠다.

내가 20대에 각각 다른 곳에서 경험한 두 번의 트라우마는 결국 퇴사라는 물리적인 방법으로 해결(또는 해소)했는데, 흔적

없는 완치라는 것은 거의 불가능한 일인 것 같다.

첫 직장에서는 사수였던 선배, 대학원에서는 고향이 같은 선배와 욕심 많은 교수 때문에 힘들었다.

땅속 깊은 곳, 아니면 동굴이나 터널이나 감옥 속에 버려진 것만 같은 기분, 그때의 손실- 가령 나의 자존감, 자신감, 자아존중감 같은 것들에 대한 보상은커녕 그들에게 사과 한마디 받아내지 못했다. 어느 한쪽이 유명하거나 연예인이라도 되었으면 쉽게 사과받을 수도 있었을지 모르지, 그런 일은 이번 생에는 일어나지 않을 터이다.

트라우마는 몸에 생채기를 낸다. 상처받은 세포가 정상이 되기까지는 꽤 시간이 필요하다. 시간이 약이라는 유명한 처방은, 그러니까 현명한 어른들의 선험적 추론과 의학이 찾아낸 과학적 진리에 근거한 최선의 답일 수도 있겠다.

심리적, 정신적 충격은 정서적, 정신적 성장도 멈추게 하고 만다는 이론을 나는 믿는다. 나는 항상 내 인생이 너무 늦게 시작되었다고 생각했는데 살면서 한두 번쯤은 나에게도 정서적으로, 정신적으로, 그리고 신체적으로도 이런 멈춤과 치유의 과정이 필요한 일이 있어서였을 수도 있다. 나 스스로 '이제 어른만큼 안다'라고 느낀 것은 얼마 되지 않는다.

어떤 식으로든 트라우마를 뱉어내어 카타르시스로 변형할 줄 아는 사람은 그래도 예술가가 되고 문학가가 되어 그런 자신의 이야기를 예술로 승화한다. 그냥 살면서 겪을 만한(겪지 않아도 되는) 은근한 시기와 질투에서 발현된 직장 내의 텃세라는 것은 참, 실체도 없고 해결하기는 더더욱 어렵다. 동네 목욕탕이나 수영장이라면 발길을 끊어버리면 될 텐데 그럴 수도 없고 말이다.

새로운 조직의 구성원들을 만나면서 불필요한 검색 과정을 경험했다. 그렇지 않아도 개인적인 일들로 정신 줄 잡기도 어려운 상황에 새 사람에게 배려와 준비가 하나도 없더라. 실상을 조금 들여다보니 결국 이것은 어떤 이들이 자신에 대한 불완전함과 불안함을 드러내는 과정이었음을 느끼는 바다.

쉽게 보면, 이번에(!) 굴러온 돌(=나)이 박힌 돌을 빼내어 버릴 수도 있다는 불안감, 이 굴러온 돌에 대한 가능한 많은 정보를 확보해야만 자신의 영역을 정비하고 나아가 자리보전 또는 유지할 수 있을 거라는 본능적 레이다가 작동하는 정치성, 자신이 누구인지에 대한 과도한 자랑과 영웅담으로 기선 제압하려는 저 마음들, 참, 무섭고도 안타깝다. (이전에 대학원 선배가 했던 방식, 그 행보와 너무 유사해서 놀랐다. 거의 똑같았다.)

물론 사람은 살면서 이런 입장, 저런 입장들에 각기 발을 담그게 되니 당연히 나도 반대 처지에 있어 보았다. 대신 나는 우리 학교 출신, 우리 동네 출신, 나와 아는 사람인지, 높은 사람 누구와 아는 사이인지를 파악해 그 층위에 따라 대하고 함부로 평가하는 일은 하지 않으려 노력한다. 내가 앞으로 저 사람과 유지해야 하는 물리적 거리부터 계산하고 재단하려는 사전 조사 따위는 하지 않는다.

몇 개의 학교와 몇 군데의 직장에서 정규직, 비정규직, 이끼낀 돌, 굴러온 돌, 박힌 돌… 등등을 경험해 본 바에 의하면 가장 위험한 것은 '순혈주의자들'인 것 같다. 같은 전공을 한 사람이 반드시 필요한 몇몇 분야를 제외하고는 꼭 그럴 필요는 없는 것 같은데, 21세기에 순종, 잡종, 혼종을 따지는 조직이라니 새삼스럽다. 그런 조직은 미래가 없다. 있어도 발전은 느리다. 어떤 사람들이 어떤 마음으로 협업하는 조직이냐에 따라 일의 효율이 다른데 혈통부터 따지기 시작하면 그 이후는 거의 답이 없어 보이더라.

충성도를 시험하는 것은 좋지만 한 방향으로 가려다 넓은 스펙트럼을 가질 기회를 놓치는 결과를 가져올 수 있다. 일하는 사람만 하고 나머지는 무임승차가 뻔하기 때문이다. 물론 이런 습성이 쉽게 바뀌기 어려운 것은 한국인의 뿌리 깊은 기질 중 하나이기도 하다는 것을 모르는 바 아니다. 나도 한국인이고.

살아온 궤적에서 공통 분모가 없어 보이는 이질적인 생물체에 대한 거부 반응…. 어떻게 보면 당연하고 자연스러울 일이다. 겪지 않아도 될 불필요한 소모전을 벌여야 할 '을'의 입장에서는 참 고통스럽지만 말이다.

신입이 잘 적응할 수 있도록 마음으로 도우려는 좋은 선배의 마음들을, 그들은 왜 발휘하지 않는가. 생활 반경, 장소, 루틴의 작은 변화에 대한 거부 반응이라고 치부하기에는 다소 격하다고 느꼈다. 더욱이 20대도 아니고 다들 자신의 분야에서는 획을 그을만한 학문의 경지에 오른 분들이 말이다. 그만 하시라, 털면… 나올 것 많다(!).

공부를 위한 에너지는 공부에만 쓰는 것이 좋겠다는 것이 나의 지론이다. 관계의 문제들은 시간이 지나면 점점 알게 되고 가까워지고 좋아지고 싫어지고 하는 것인데 초반부터 힘 빼기는 서로에게 손해다. 교육은 가장 늦게 바뀐다고 했던가, 교육 자체보다는 교육하는 이들이 변화를 싫어해서겠지. 영역 보존을 위한 본능, 자리 지키기를 위한 본능…. 그것이 그 조직이나 인류의 미래에 전혀 도움이 되지 않는다는 것을, 그들은 앞으로도 모를 것이다.

회사든 학교든 어떤 조직이 획기적으로 변화하지 못하고 있다면 이유는 단순하다. 가장 민감한 내부의 문제가 해결되지 않고 내부의 실상이 절대로 밖으로 전해지지 않기 때문, 그리고 대부분 그 조직의 인력과 구성원들이 내부의 인맥으로 뭉쳐

있기 때문이다. 우리는 이것을 알면서도 묵인하며 산다. 저 자
신에게만 썩은 동아줄이 되지 않으면 되기에.

  기본적인 검증이 필요해서일 수도 있겠다고? 직원도 임명권
자도 아닌 이들이 나서서 해대는 저 호구조사와 뒷조사(!)가 호
의? 관심? 노노, 불안에 기인한 반응 맞음. 따뜻하게 대해도 일
이 힘들면 못 버티는 사람들이 많은데 경계와 냉소라니.

  스물 셋, '텃세'의 정체를 모른 채 경험했을 때 나름 꽤 버티
기는 했지만, 몸과 마음은 힘이 들었었다. 버티다 못해 '그 언
니' 때문에 나는 일을 그만두었다. 동기였던 인경이와 소영이는
그전에 이미 이직해 버린 뒤였고 마지막까지도 버텨보겠다고
남았던 나도 결국 퇴사한 것이었는데, 이직했던 친구들은 오히
려 나보다 능력 있고 좋은 이력을 가진 친구들이었다.

  결국 내가 마지막까지 남았던 것은 특별한 능력이 있어서가
아니라 이직할 능력이 없어서였던 것. 왕따와 언어폭력을 주동
했던 언니와는 이후 만나지 않지만, 당시 함께 일했던 직장 상
사와 팀의 막내였던 친구와는 오랜 시간이 지난 지금도 친구

되어 지낸다. 사람을 알아가는 데에 걸리는 그 시간을 인내해 준 고마운 인연들이다.

애초부터 쓰지 않아도 될 에너지를 소모하게 하는 텃세는 모두에게 무의미하다. 오히려 그 조직의 발전을 방해하기만 할 것이니 손해이다. '얘는 이렇고, 쟤는 어떻고' 식의 범주화와 교양을 빙자한 수다는 발전적이지 못하다. 차라리 음악을 듣고 책을 보고 나무와 꽃을 관찰하라.

텃세를 부리려는 그 마음의 실체가 무엇인지에 대해, 프로이트가 아주 매력적으로 증명해 준 콤플렉스 같은 용어가 아니어도 우리는 경험적으로 안다. 형제자매, 엄마와 딸, 직장 선배와 후배, 대학원 선후배, 정규직과 비정규직 사이, 그 관계가 무엇이든 간에 그 마음들 한편에 있는 불안감, 시기, 질투…. 그것이 있는 자리라는 것을 스스로들 알아차리고 한 번쯤은 돌아보시길. 당연히 나도 늘 그러한 마음으로 나를 돌아볼 테고.

나이는 그래서 단지 숫자이고, 뇌와 마음의 성숙도는 각자인 것, 경험의 밀도는 나이와는 거의 관계가 없다는 것을 과연 나보다 오래 살고 잘 살고 성공해서 사는 사람들은 모르나? 인생이 단거리 경주가 아니라 마라톤이더라는 것도? 젊음은 상대적인 기준이라서 아무도 그 잣대에서 완전히 벗어나 볼 수는 없는데도 '젊어서 좋겠다'라는 19세기식 발언, 최첨단을 걷는 분야의 학자들이 내뱉는 말들에 이게 실화인가 싶었다. 하긴, 선배들 사이에 있으면 나는 언제나 젊은이니까 좋다!

단편적으로 기울어진 질문들로 '너는 이런 사람이구나'를 판단하려는, 처음 보는데 내 인생의 선배처럼 인터뷰하는 분들에게 '이력서를 그냥 보여드릴까요?'하고 싶다. 충분히 비교해 보시고 따져 보시라고 말이다. "느그 아부지 머 하시노?" 하나면 끝났을 질문들을 돌려 말하고 검색하느라 고생하더라.

나는 이미 이십 대에도 이런 텃세에 지쳐 마음과 시간을 허비한 적이 있으므로 한동안 꽤 불편했다. 겉으로는 '우리가 남이가?'의 마음으로 포장했지만 실제로는 각자의 능력과 자리와 지위를 구분하고 가늠해 보려는 이면의 마음, 생존을 위한 이기적인 이런 마음들. 한두 사람의 이런 행동들이 조직의 전체 이미지까지도 흐리게 할 수 있다는 것을, 선배는 왜 진정 모르

우비 순트Ubi Sunt, 삶의 방향타를 잃고

시는지.

출발선이 다른 것을 아는데도 비교해 대는 마음들은 무엇일까. 알면서도 '모른 척하라'고 해 주는 옆 동네 동료의 말은 그래서 고마우면서도 밉다. (좋은 게 좋은 것이니까 그냥 넘기라는 의미이니까 말이다.)

나는 차라리 함께 일하면서, 그간 실패해 본 일, 인생에서 가장 후회되는 일 같은 것들이 무엇이었는지를 나눌 수 있는 좋은 선배나 생겼으면 좋겠지만 이건 시간이 필요한 일이다. 텃세에서 비롯된 오해를 넘어 이해받고 친구가 되기까지는 시간도 에너지도 오래 걸린다.

그러나 결국 인간은 사회적 동물이라는 사실을, 오늘 이렇게 불편한 마음 하나 털면서 다시 되새겨야만 한다. 나는 신이 아니라 한낱 인간이니까, 예술가도 아니고 소설가도 아니고 사장도 아니고…. 아무것도 아닌 동물로서의 인간. 이 구역 점령자인 순종들에 나는 어느 날 불쑥 굴러온 돌이자 혼종이니까 말이다.

텃세에 대응하는 식물의 자세

식물들도 텃세를 부린다고 한다. 하긴, 모든 존재는 생존을 위해 분투할 것이니 식물이라고 예외가 있겠는가. 지구상에 있는 동물, 식물, 인간 등 구성원 중에서 가장 많은 자리(비중)를 차지하는 것이 의외로 식물(군)이라는 정보를 얼마 전 어디선가 본 적 있는데 아주 흥미로웠다.

공룡이나 코끼리 같은 크고 육중한 무게의 동물들을 모두 합친 것보다, 지구상의 거의 80억 인구를 합친 것보다 식물이 차지하는 영역이 지구상에서 가장 넓다니(무게 역시 그러하다고 본 것 같다.)! 가벼워 보이는 어떤 일이나 사람의 무게가 실제로도 가볍기만 한 것은 절대 아니라는 생각을 해 본다.

그런데 식물들은 동물과 인간의 그것과 다른 방식으로 이

　　　　　우비 순트Ubi Sunt, 삶의 방향타를 잃고

생존 경쟁의 문제를 해결한단다. 동물과 인간은 자리 지키기는 상대를 이기기 위해 어떻게든 자리를 뺏으려는 방식으로 작동하는 반면, 식물들은 오히려 그 텃세를 활용해 옆으로 옆으로 영역을 확장해 가는 방식으로, 그래서 결국 식물들의 영역을 넓히면서 헌 식물이나 새 식물이 모두 생존하는 방식으로 나아간다는 것!

공생. 놀랍고 지혜로운 방식이라는 생각이 들었다. 서로를 밟고 올라서야 인정받는 것이 당연지사인 이 험난한 세상에서 '나도 이기고 너도 이기는 방식'을 활용해 오히려 자신들의 활동 영역을 강화한다니, 자신만을 지키려는 이기성을 넘어 우리와 공동체를 지키려는 바람직하고 유용한 방식 같아서 부럽다.

텃세를 대하는 식물의 자세, 식물들이 살아온 고귀하고도 영리한 '윈-윈'의 방식이 놀랍다. 인간과 동물들도 이렇게, 새로운 가족을 따뜻하게 받아들이면서도 '우리'를 위한 즐거운 경쟁의 방식으로 '마음 넓은' 텃세를 지향했으면 좋겠다.

가벼운 존재이지만 무거운 영향력을 발휘하고 마는 저 삶의 자세, 지구상의 참 멋진 선배들, 앞선 자들!

　　　　　　　　　　　　우비 순트Ubi Sunt, 삶의 방향타를 잃고

상실과 회복, 그 어디쯤에서

하나

　살면서 어떤 것을 잃어 보고 얻어도 보고, 울기도 하고 웃기도 하지만, 그렇다고 누구나 다 똑같이 잃고 똑같이 얻는 것이 아니어서 억울하다. 왜 어떤 이는 조금 더 많이 잃어보고, 또 어떤 이는 잃기보다는 많이 가져보고, 이렇게 각자 다른 경험을 하게 되는지, 나는 이런 것을 신에게 묻고 싶다.

둘

　지난 몇 달간, 연속된 상실로 인해 힘들었다. 나는 우리가 살면서 잃는 것 중에 돈과 사람 사이의 경중을 그 어떤 것으로 비교할 수 없다고 생각한다. 단연 사람 쪽이 중하다. 살면서 이만큼 밀도 있게, 순도 높게, 상실을 경험할 일이 앞으로 또 있을까. 잃어버린 것들이 돌아오지 않을 것이므로 다시는 없을 일들이겠다. 몸과 마음이 버틸 수 있을 만큼 잃고, 채우고, 다시 잃고 해야 하는데, 회복되기도 전에 다시 상실을 경험하니 어쩔 도리가 없다.

셋

2023년 3월 첫 주부터 8월 첫 주 사이 다섯 번의 장례를 치러내야 했다. 조문이 다섯 번이 아니라 가까운 친인척이어서 직간접적으로 유족의 범주에 든 경우만 다섯 차례. 이 간격이 적당하고 규칙적이어서 대비와 예측을 할 수 있는 일들이었으면 참 좋았겠지만, 태풍처럼 돌풍처럼 몰아쳐 버리니 나도 버틸 재간이 없었다. 나처럼 올 한 해 '파란만장'을 겪은 사람이 더 있다면 나와 보라고 하고 싶다.

넷

　그래서 내가 올 상반기에 잃은 것은 내가 존경하는 다섯 분의 멘토들인데, 이들이 없었다면 나는 '늦은 인생'을 제대로 시작해 보지도 못했을 것이었다. 영어 교사의 꿈을 꾸게 해 준 멘토, 자연 속에서 삶을 통찰하며 나를 돌아보게 해 준 멘토, 나의 뿌리를 찾고 싶게 만들었던 멘토, 나의 10대를 건강하게 해 주셨던 멘토, 그리고 학문에 정진하게 해 주었던 멘토. 이들을 왜 나는 같은 해, 거우 한 달씩의 차이로 모두 잃어야 했는가.

다섯

　살라는 말인지 죽으라는 말인지, 드라마 〈나의 해방일지〉의 그 적절한 대사처럼 '팔 한쪽이 떨어져 나가는 느낌'을 나는 다섯 번째 마주했다. 그 와중에 생활 전선의 모든 일을 해내야 했고, 힘든 티 내지 않고 학술적인 일들 두어 가지도 맡아야 했으며, 논문도 써내고 연구 계획서도 써내고, 다 해내야만 했다. 물론 이 과정에서 한두 가지는 완벽하지 못하여 삐걱대거나 실패하거나 했지만, 그 어느 곳에서도 나의 상실과 상처를 치유 받을 틈을 내어 주지는 않았다.

상실과 회복, 그 어디쯤에서 나는 지금 출렁이고 있다.

오늘의 나를 있게 한 존재들을 잃어버린 나는, 나는 어떻게 살아야 하는가.

우비 순트Ubi Sunt, 삶의 방향타를 잃고

그래, 무한한 점들의 집합

삶이 무한한 점들의 집합이라면, 우리는 두 가지 경우로 그점들을 찍어내며 살고 있지 않을까. 앞 점에 이어 차례로 다음점, 그다음 점을 차근차근 한 발 한 발 찍어내며 하나의 선을이루는 경우와, 순서는 일정하지 않지만, 한 점은 여기 한 점은저기로 찍어 결국 그 점들을 연결하여 하나의 선을 만들어 내는 경우. 삶의 선택들은 어쩌면 대부분 이 두 가지 중 하나로선을 이루어 갈 것이다.

2019년이었을 것이다. 서울에 일이 있어서 갔던 날, 부고 소식이 전해졌다. 지방에 계시던 스승님은 멀리 계셔 바로 올 수가 없겠다며 대신 조문을 부탁하셨다. 서울에서 볼 일을 마치고 성남으로 내려가 스승님이 주신 미션을 완수하고 집으로간 일이 있었는데, 그날 그 자리에서 신두호 교수님께서 해 주신 말씀이 '무한한 점들의 집합'과 비슷한 이야기였다. 지금 있는 곳, 지금 하는 일에서 너무 스트레스받지 말라는 의미로 해주신 귀한 조언이었다.

이것은 잘 알려진, 스티브 잡스의 그 유명한 연설문의 내용이기도 하다. 하나하나의 점들을 찍으며 살아가는 '삶'이라는 과정에 대한 이 이야기를 나는 처음에는 내 식대로 해석해 수업 자료로 사용하기도 했다. 원고도 있고 영상자료도 있기에 10대나 20대 학생들을 위한 수업에 쓸 만했다. 각자 자신만의 점을 찍어가며 정진하라는 그럴듯한 내용으로 잔소리 삼아 활용했던 것이다.

그러나 정작, 내 삶의 문제에서 답을 찾아야 할 때는, 그래도 일직선으로 가는 길이 더 좋아 보이지 않나, 나의 선택을 눈여겨볼 이 아무도 없는데도 눈치를 본 적도 있는 것 같다.

어떤 결정을 앞두고 일주일 여를 고민 중이다. 답이 있다고 생각하면 또 있어 보이고, 아니라고 생각하면 또 새로워 보이는 신기한 선택의 순간들. 한국에서는 한 점 한 점 차곡차곡 찍은

우비 순트Ubi Sunt, 삶의 방향타를 잃고

일직선을, 그러나 어떤 나라에서는 이 방향에서 하나, 저 방향에서 하나를 찍으며 앞으로 나아가는 것을 오히려 선호한다는, 어쨌든 그런 결론을 얻고 있다, 역시 잘 알려진 얘기지만.

칠흑 같은 어둠과 혼돈 속에서 결국 천지 창조가 이루어졌으니, 인간의 아무 한 걸음 한 걸음이 삶이 되는 것쯤 뭐 그리 대수일까. 고민할 일도 아니겠다.

그래, 삶이 무한한 점들의 집합이라면, 삶은 우주 속 '무질서의 질서'와 같을 것이다. 무작위인 것 같은 저 카오스 속에서도 어디서부턴가는, 무언가는 코스모스의 선으로 흐르겠지.